LIBRERIA
Follas Novas, S.L.

Montero Ríos, 37

Teléfs. $\begin{cases} 59 & 44 & 06 \\ 59 & 44 & 18 \end{cases}$

S A N T I A G O

GW00802518

El mono
o Enganchado al caballo

Colección Autores Españoles
e Hispanoamericanos

Fernando Arrabal

El mono
o Enganchado al caballo

Planeta

COLECCIÓN AUTORES ESPAÑOLES
E HISPANOAMERICANOS
Dirección: Rafael Borràs Betriu
Consejo de Redacción: María Teresa Arbó, Marcel Plans y Carlos Pujol

© Fernando Arrabal, 1994
© Editorial Planeta, S. A., 1994
    Córcega, 273-279, 08008 Barcelona (España)

Diseño colección de Hans Romberg

Ilustración sobrecubierta: escena del film de F. Arrabal «Viva la muerte»
    (1970)

Primera edición: abril de 1994

Depósito Legal: B. 10.568-1994

ISBN 84-08-01127-8

Composición: Fotocomp/4

Papel: Offset Munken Book, de Munkedals AB

Impresión: Duplex, S. A.

Encuadernación: Eurobinder, S. A.

Printed in Spain - Impreso en España

Fernando Arrabal nació en Melilla en agosto de 1932. Aprendió a leer y a escribir en Ciudad Rodrigo (premio nacional de «superdotado» a los diez años) y realizó sus estudios universitarios en Madrid. A pesar de ser una de las personalidades más controvertidas de su tiempo, ha recibido el pleno aplauso internacional por su obra narrativa (once novelas: *Baal Babilonia, La torre herida por el rayo, La hija de King Kong*, etc.), poética (un centenar de libros ilustrados por Amat, Dalí, Magritte, Miotte, Saura, etc.), dramática (un centenar de obras de teatro publicadas en diecinueve volúmenes: *La noche también es un sol, Jóvenes bárbaros de hoy, Las delicias de la carne*, etc.) y cinematográfica (seis largometrajes: *Viva la muerte, ¡Adiós, Babilonia!, Iré como un caballo loco*, etc.).

Luce Moreau ha escrito: «Quiero agradecer a Arrabal el haberme permitido vivir ¡desde hace tanto tiempo! lejos de toda mediocridad. En efecto, la originalidad de su pensamiento y de su obra, tan fecunda y tan diversa, es obvia y esta su última novela nos da de ella un testimonio esplendoroso. Pero quisiera insistir en la originalidad de su conducta. Doy las gracias a Fernando (cuyo nombre significa hombre libre), por no haber solicitado nunca los favores de los poderosos y, muy especialmente, por permanecer siempre en guardia frente a ellos. Para denunciar toda clase de abusos no actuó, como diría Montaigne, "arriesgando tan sólo una nalga"; en cuanto a los dictadores, siempre les recordó, y cuando más peligroso era hacerlo, que por muy altos que estuvieran instalados, sólo estaban sentados "sobre sus culos". Gracias sobre todo por no haber soñado en detrimento de los demás con pretendidos porvenires radiantes, y por no parapetarse tras sus posiciones morales públicas para permitirse toda licencia en su vida privada. Si "nuestra mayor y gloriosa obra maestra es la de vivir como conviene", si es "portarse como un hombre de bien como y cuando se debe", Fernando Arrabal lo ha conseguido plenamente.»

I

QUERIDO F., te contaré antes de todo cómo
y cuándo probé por vez primera el caballo. O sea, la heroína.

Estaba yo entonces con la boca amarga
y el corazón superderrotado. El tiempo lo
veía pasar como una nada salpicada de
angustias acojonantes. Casi peores que las
que me entran aquí en la cárcel de tanto
follar. De espatarrarme con bufos y cala-
veras.

No había cumplido los diecisiete años
cuando me estrellé contra el caballo. Antes de la mili, claro. Me llevaba fatal con
mi madre. Un día le quité las llaves de su
coche del ministerio. Su chófer estaba de
descanso. Me di una vuelta solo, para sa-
carle el jugo. No llegó ni a una hora. Un
latigazo de gusto. Me tenía «completa-
mente» prohibido que le tocara su carroza
de ministra. Cuando volví a casa estaba
ella como suave, como ajena. Palpitaba el

ala negra de su mala leche. Me entró de sopetón un resquemor con callos. Supe lo que iba a decirme. Cuando habló, la oí como si estuviera viendo una película extranjera y me conociera ya los subtítulos de memoria. Más mansa que el sosiego, me pidió que le devolviera las llaves. Cuando lo hice, me pegó un hostión con la coctelera metálica. Resonó en toda la casa como si me hubiera roto el alma de un cañonazo. De postre me dio una paliza de órdago. Me cabreé un montón. El arrebato a bocinazos se trompicó contra las cuatro paredes de mi cuarto. Me largué de su casa.

Sol y su novio de entonces, Hipo, me dejaron vivir con ellos. Y con otras fieras que se habían desencerrado de sus familias. Todos con la sesera en la bragueta. Trabajé yo entonces de recogecartones por la calle. Un jubilado de burdel conducía el camión. Me sacaba unos cinco boniatos diarios (es decir, cinco mil pelas). Sin contar con lo que choriceaba. Cuando volvía a las tantas, siempre la misma película triple X: toda la banda supercolgada de caballo. Con las venas acribilladas. Sol, Hipo y yo saludábamos al día follando despelotonados. En plata: ellos mareados perdidos. La Sol con las brevas a tiro, y el chichi retozón. Hipo tragaba por el segundo canal. Y yo de cojón de viudo, tracatrá. Pero con el sueño fósil del hombre que hubiera podido ser.

Me impresionaba un huevo verles pincharse las venas. Ya te contaré otro día cómo se pone un pico. Entonces, la verdad es que me daba más que miedo. Pero al cabo de unos días viéndoles chutarse sin parar, aquello dejó de encogerme el culo. Comenzó a gorronearme la voluntad. ¡Con qué apetito! La curiosidad se enchufó en mí hasta el cocorote. No podía atrancarla con el canguelo. Vadeando me acercaba al polvo de estrellas. Iba enterrando mis determinaciones en mi propia carne. A la Sol se le llenaba el coño de pepsi-cola cuando me decía:

—Es a-lu-ci-nan-te.

Mañana sigo.

II

LA PRIMERA RAYA de caballo me la dio Sol.
Me la esnifé de un tirón. O sea, que me la
mamé por la nariz. Hay palabras de lo
más corriente que no sé cómo mudarles el
pellejo para que tú te enteres. Una raya de
caballo es una hilera de polvo de heroína.
Sigo rodando: cuando me chupé toda la
ceniza, me dio el atracón. No veas lo que
sentí por mis adentros, y la de revueltas
que dio mi cabeza. Rechinaron los relojes.
Un gato tuerto zozobró en mi garganta.
Dos tiburones y varias arañas me mordían
entre sangre, vómito y espuma. Nunca, en
toda mi vida, había estado así de enfermo,
ni cuando me desmocharon las anginas a
pelo. Vomité todo, y luego el alma. ¡Qué
pedo agarré! Se me puso en la cresta una
congoja de vieja que se fue inflando por sí
misma. Ni sé ni cuándo ni cómo estalló.
Caí acarajotado perdido.
   Pocos días después volví a esnifar. Sin

escamas, me colé de releche. Las pasé menos putísimas. Empecé a pillarle el gusto. Me engolfé que no veas. A lo tonto. Me habría podido colgar la medalla de los inflagaitas: «Hoy más que ayer, pero menos que mañana.» Las renuncias se escalonaban las unas bajo las otras una cosa mala. Iba cayendo a tumba abierta.

Hipo me repitió una porrada de veces:

—Esnifar es como tocarte el pito, trágate el camión por la vena, es supermejor. Te pega un kilo de gusto que te cagas por el ombligo. Es un placer de puta madre, puto padre, y cabrón de espíritu santo.

El gusanillo de probarlo me puso las espuelas. El miedo se fue escurriendo por el embudo de la curiosidad. Yo solo no me hubiera tirado a los cuernos. Hipo me picó: ¡Mi primera comunión! ¡Qué hostia!, la mejor de mi vida. Sol me refanfinflaba el pepino para que me fuera tragando el susto. Menudo flash en piñón libre.

Me dije:

—Esto es lo mío.

Me gustó a tope. Como si le hubiera robado a mi futuro toneladas de gozo ya. No puedo explicártelo con palabras, tendría que ser asirio. Por eso el caballo es tan peligroso. Imagínate que todos tus polvos se junten en un brote, y te quedas corto.

Hay un tío aquí que se te parece a ti. Le

llaman el Sabio, no sé por qué. Es un viejo que va de sermones. Pero con tuétano. Ayer nos explicó quién era Sócrates. Nos cayó la mar de bien. Tipo sano. Pero yo no me hubiera tragado la cicuta en su lugar.

En mis próximas cartas, te contaré mi descenso en picado. Todo. Cómo al final, ya en mi entierro de hombre, fui puto de tíos. Ya verás hasta qué sumideros puede uno dejarse hundir, enganchado al caballo.

III

NO QUEDÉ ENGANCHADO a tope, pero me engolosiné de buten. Para templarme, todas las noches me ponía un pico... de caballo. Me compraba una papelina de tres mil pelas por día. Es poco. Ya te contaré. Casi nada. Pero metí el dedo en el cepo. Ya sólo me quedaba esperar cegarruto, a tientaparedes, mi futuro.

Un día estaba con Tere, una amiga de Sol, en los servicios del teatro de la Villa. Me había hecho una mamada en caliente, pero relajada, esculpiéndomela con la lengua. Casi me plantó en la orilla del olvido. Por eso se me escapó la nata, y le puse la nariz y los ojos perdidos. Estaba ella limpiándose, y yo, aún medio amodorrado, liándome un par de porros —uno para ella y otro para mí—, cuando abrieron la puerta bruscamente dos tipos. ¡Qué caras de matones! Sobre todo uno, que llevaba una gorra escocesa. Tere se salvó por pies.

Pero yo, repajolero, estaba vacilando con diez higos, sentado en la taza del water y con los pantalones en el suelo. No pude darles el esquinazo. Sin mediar palabra, me dieron un palizón superacojonante. El de la gorra iba a joderme vivo, a estropearme. Puñetazos. Hostias a barullo. Patadas en la cara, en los huevos. Tenía los ojos nublados por un aguacero de sangre. Fui cayendo en la sombra como si rodara hacia la muerte, y perdí el conocimiento.

Aquellos dos hijos de la gran puta eran dos fachas pendones. Y medio viejos ya..., tendrían por lo menos treinta años. Hipo los tenía fichados. Sudaban más que Dios haciendo el trabajo de polis privados del teatro. Para que la gente joven no fumara porros ni se echara un feliciano. Y menos aún que se chutara. Tenían mal fario.

Estaba yo pringado de sangre hasta más arriba del santiscario cuando apareció un coche de la poli, la fetén. Me llevaron a la casa de socorro. Aguanté quina que no veas. En una galera así, o besas el azote, o te escabechan amarrado a sus sondas... y además, esterilizado como un capón.

Me tiré una semana con unos dolores acojonantes. Sin reposo para aliviar el esqueleto.

Me dije:

14

—Al de la gorra escocesa me lo tengo que rajar.

¡Qué manera de meter el remo!, ahora que lo pienso sin forros. Ya te contaré cómo lo maté.

IV

VOLVÍ A CASA de mi madre. Hicimos las paces de boquillas, pero con triple filtro. Mi abuelo, a escondidas, me daba algo de monises. Para que no se amustiara, le dejaba que me besara en la boca y me diera una mangurrina. Era pajillero derretido. Su hija, mi madre, lo tenía encogido. Cuando le pegaba un grito, al pobre viejo le temblaban los botones y se le rizaba la boina.

Mi madre, aunque no sabía que yo estaba puesto, se daba cuenta de que andaba sin sombra.

Para sacarme de los malos ambientes en que estaba metido, me buscó un trabajo en La Malvarrosa de Valencia. En el negocio de un compañero suyo de partido. Me ofrecían buena guita, y un apartamento de postín. Total, que me lo pensé a media ración, y salí pitando al vapor.

Me escapé así, a la mano, de aquel ambiente en que me había hundido hasta las orejas. La noche del día de mis adioses la pasé de bullanga y lagrimones con Hipo y la Sol. Se le soltó la llorantina a la Sol con tanto empuje, que me daba no sé qué metérsela en la boca.

El Sabio nos ha contado hoy las andanzas de Diógenes. Les va un montón a todos. A mí me parece un nota. Es el «malo» de los filósofos. Lo único que me empalma es su respuesta al que le dijo que vivir es un mal:

—No, pero sí un mal vivir...

Eso es lo que a mí me tocó al nacer en este foso. Él era pedorro, picha brava, caníbal y comepulpos.

En Valencia, de cara a mi jefe, hice como que ahorcaba los hábitos.

Ya verás mañana.

V

Los SEIS MESES que pasé en La Malvarrosa fueron los menos malos de mi vida. Aunque me fosfatiné el tronco más de una vez.

Los dos primeros días, el Jaime (el empresario) me acuarteló en un hotel. Estaba yo tan rebozado de hollín y aflicciones, que encendí la tele para ver publicidades. Ni una... todo era chamulle, y del peor. Y no tenía ni un rojo libanés (para que te enteres: un porro de hachís de forrapelotas).

Me salí en globo a la jungla, y se me pegó una chica, Pili. Se enrolló más que la pata de un romano. Bebimos de garrafa. Y de la peor: una litrona mal fichada.

Le eché un palo a pelo, pero a pichafría. Para encornudarme tuve que imaginar que lo hacía con Hipo y Sol. La follé por el culo, cosa que me jode infinito, pero tenía el período. Me entró una morriña tibia sin pausas, zurcida de melancolía.

El apartamento, no veas, ¡de pecado!, de buten: una habitación con todo, apretada como un terrón, y para mí solo, sin mi madre en el espía. La Sol y el Hipo me escribían testamentos, y yo les respondía en la misma onda.

VI

MI TRABAJO consistía en arreglar máquinas limpiabotas. De esas que echas una chocolatina y te sacan brillo a los zapatos. Si alguna palabra se te va, me lo dices. Chocolatina es la moneda de cien púas.

Como soy mañoso, no me la sudaba en la fábrica. Cuando el jefe decía:

—¡Tira millas, Quintanillas!,

yo ni metía el turbo. Me embotijaba de naranjadas y de frutos secos. El poli de la empresa me traía mi cuota todas las mañanas por su cuenta y riesgo. Pero no le dejaba que pasara a mayores, ni que me magreara. Cuando hacía manitas, le pegaba el gatillazo,

—¡Manos quietas, mariconazo!,

y casi se le caía la moca. Le gustaba que le pegara un grito, con lo que me cuesta levantar la voz.

A los pocos días, la Pili me llevó al barrio chino. Encontré gente maja con cuerpo de jota. La Pili con su par de domingas sin sostén fue mi pasaporte. Cuando se rompieron las amarras y tuve confianza, les pregunté si sabían dónde se podía pillar algo de caballo o, por lo menos, de chocolate. Uno de los amiguetes, el boxeador, me acompañó a la jaula de un camello. Me presentó inventando que yo era su primo de Madrid y tal, y que me tratara a calzón quitado, y que no me engaitara.

Me soplé ocho mil pelas de caballo, y mil de hachís. Nos fumamos el boxeador y yo no sé cuántos porros a lo grande, sin matar el chiri. Nos la meneamos a gusto. ¡Lo que le pesaba la bragueta!

Luego, solo, en mi apartamento, me puse un buen pico. Di brincos de pez sin moverme de la cama. Me olvidé de mí en plena tacada de mil vatios.

A partir de ese día pasé unos fines de semana con la pasta de la Pili y lo que yo ganaba, de cojón de Buda. Los viernes y los sábados me acostaba a las siete del día siguiente, tronchado vivo. La Pili me la mamaba de canto, y solía dormirme sin sentir la lechada.

En La Malvarrosa la basca pasaba del caballo, pero se ponía vacilona de coca y de mescalina. ¡Menudo par de leños para el fuego! Sobre todo la mescalina. La gente dice:

—¡Follas como Dios!

Se quedan atornillados como perros. No se les baja ni a tiros. Una pesadez, si se mira bien, que a mí nunca me hizo tilín. Pero hay tanta vacaburra suelta... Algunos ya no sabían ni con quién estaban limando. Lo que te aseguro es que puedes tomarte todas las copas de güisqui que quieras. Los tíos aguantan la pichagorda más tiesos que un tronco. Pero yo necesitaba sustancia descargada del gusto.

VII

Llevaba tres meses en La Malvarrosa, cuando la Sol me llamó por teléfono. Me dio un no sé qué en el chasis, que casi me atora el corazón. De pura emoción, a lo tonto. Me preguntó si podía pasar unos días en mi madriguera. Le dije, como siempre, la verdad:

—Me peana de pezuñas.

A los tres días saltaron al ruedo la Sol, su nuevo maromo el Julio, su ex, Hipo, y un fulano que le llamaban el Feo, no sé por qué. Éste y el Julio eran dos puntos filipinos de mucho cuidado: los tíos más golfos que puedas tirarte a la cara. Pero muy majetes. Cuando no estaban de pedo armando la marimorena, es que estaban chingando.

—Jodamos, que todos somos hermanos...

y se llevaban al huerto desde los párvulos

hasta la tercera edad, tíos o tías todo revuelto.

Vinieron cargados con una roca de quince gramos de cocaína. Nos corrimos tales juergas, que no nos llegó ni para el quinto día. La Sol se había depilado el felpudo. Cuando me echaba los faros con su mirada fatal, me tumbaba. Sabía adobarme la fetén en versión bilingüe. ¡Menuda diferencia con la Pili! El Julio, al mismo tiempo, a veces se la follaba por el culo mientras mamaba al Feo o le sobaba las dos nueces. Empelotonados eran dos volatineros de ojete.

Más que la fetén y que todo, lo que más me excitaba es cuando la Sol me miraba y me decía, como si fuera cierto, que me quería

—Te quiero...

y se le llenaba la boca de amor... y a mí la azotea... El reconcomio resbalaba entre nosotros y podía planear en una nube soplada por la bonanza.

Se fueron, y estuve de resaca un montón de días. La Pili cogió un cabreo de montaña rusa que me mareaba con sus celos a toro pasado. ¡Qué culpa tenía yo de que la Sol me chirimoyara! Le tuve que colgar su radio macuto definitivamente. Lloraba más de la cuenta y me mojaba el churro.

VIII

ME ENCONTRÉ una minishort de buena milk: María Jesús. Era la hija del juez mandamás de toda Valencia. Tipo militante de carnet, y de postín como mi madre. Y con la costra que puedas imaginar. Ella tenía quince años, estudiaba primero de BUP y era empollona de chepa y libros. Y virgen.

La primera vez cogimos tal costipedo de hachís, que naufragamos en la tiniebla vacía del atardecer.

Para que no le hiciera daño el desvirgue, le unté de saliva y dex todo el litoral. Cuando se desangró, no le dio ni la pálida.

Se quedó atornillada en plan grilladera. Pero nunca supo decirme tan bien como la Sol que me quería. Luego nos echamos el cigarrillo de la risa, y nos despertamos al día siguiente. Ella recitando aturdida y dichosa las palabras ácidas de la alabanza. Yo barrenado por la decepción y el tormento. Como siempre.

El Sabio nos ha contado que se escribe tan sólo desde hace cinco mil años. Los primeros escritos provienen de un templo mesopotámico. Figuran en ladrillitos de arcilla. La verdad, yo no pensaba que esto fuera tan reciente. ¡Cinco mil años!, cincuenta veces un centenario, cincuenta hombres de cien años (como mi bisabuelo), uno detrás de otro. Así, la verdad, ya no me impresionan tanto los que escriben bien, y me encabrita menos inflarte de faltas.

Hasta mañana.

IX

SE ME OLVIDÓ decirte lo que me sorprendió saber que el primer diccionario castellano... es, según el Sabio, de 1611... ¡Hace cuatro bisabuelos! Y la primera gramática, de hace cinco... ¡Con la barrila que me dieron en el cole!

Te contaba ayer mis chascos y malogros en La Malvarrosa. Durante dos meses pasé de segoviano (esto es: güisqui Dyc), de coca y de mescalina. Pero me puse tibio de caballo. En plus de mi jornal y de lo que pringaba al jefe, María Jesús me traía la tela que robaba a su madre. Un montón de sábanas que le afanaba del timo de la Cruz Roja.

A la María Jesús se le llenaba cada vez más la cabeza de películas; yo en el papel de levantacastillos en el aire... cuando, al cabo de unos días, ya no se me levantaba ni el toledano. En cuanto la veía tan dispuesta se me arrugaba el alma. Se lo tuve que decir. ¡Me dio tanta pena ver cómo manaba de su herida! Cuanto más lloraba, más cebaba sus ojos de dolor.

Un día, una pandilla de quinquis me robó veinte mil pelas que me había traído la María Jesús y unas gafas de sol Ray-Ban y, además, me hostiaron a leñazos. No sé cómo la María Jesús me encontró. Me montó en su ciclomotor y me llevó a la playa. Se me echó encima el suplicio de estar vivo.

Me agarró un medio-mono que me convirtió en cadáver entre muertos. Tenía que picarme fuera como fuera. Estábamos los dos planchados, sin mosca ni din.

A fin de agenciarme un dinero para comprarme caballo, mamó a dos tíos de la fábrica detrás de la garita. Tardó un siglo y la mitad de otro, mientras yo me iba yendo al infierno con las horas contadas.

Cuando me trajo el caballo me dijo:

—Ya soy tu mujer... lo doy todo por ti... les robo a mis padres, y soy tu zorra.

¿Lloraba ella de gusto o de congoja? Yo casi ni la oía, tal gazuza tenía de heroína. Absorto me colgué de mi cuerpo pelele y pelón.

X

Te voy a explicar cómo uno se mete en su propio costal de miseria un pico de caballo.

Uno. El caballo viene en papelinas, minúsculos sobrecitos confeccionados a mano por el camello. Hechos generalmente con papel de periódico. Dentro va la heroína en polvo. Un gramo, dicen. Parece pimienta molida o arenilla oscura. Es tu bomba. Se la robas al destino.

Dos. En una cuchara sopera, pones el caballo. Le añades diez o quince mililitros de agua y unas gotas de zumo de limón natural. Lo mezclas con el émbolo de la máquina... es decir, la jeringa. Lo calientas todo con un mechero para que se disuelva bien. La jeringa lo chupa todo. Por fin le pones la aguja a la chota (la jeringa). Y te encaminas a tu jardín de roña.

Tres. Con un cinturón o una goma te haces un torniquete en el brazo... o si está demasiado acribillado, en la pierna. Tienes que dar con una vena en forma. Se puede tardar media hora en encontrarla. Eternos minutos de millones de segundos pinchándote en los brazos, en las muñecas, en los tobillos, en la lengua... ¡Cuántas veces tu sangre salpica la pared, la taza del water, tu ropa, tu puta vida de puto drogado!

Cuatro. Cuando pillas la vena, sueltas el cinto y te sacas un chorro de tu propia sangre. Se mezcla con el caballo dentro de la chota. Pero sin olvidar que la aguja tiene que permanecer siempre hincada en la vena. Te riegas tú mismo tu vena con esta mezcla. Y se cavan túneles en el laberinto de tus cinco sentidos.

Cinco. Gracias al bombeo, repites varias veces la cuarta operación. Este metisaca, en cámara lenta, de tu sangre, te permite rebañar la máquina para llevarte dentro de tu alma los últimos suspiros del caballo. La ceniza y el placer se juntan y se mezclan con tus estertores debajo de la tierra.

Si la heroína es jamón, al primer bombeo te recorre el esqueleto un cosquilleo de lenguas. Es un espejismo fugaz. Te entra por el culo, te sube al coco, te baja a la planta de los pies, sin cesar de hurgarte en las marranas. Notas un saborcillo amargo en la boca. Al mirarte en el espejo tus ojos brillan como faros, y tus pupilas se encogen superenanas. Cuando todo va así, sabes que no te han dado castaña ni metido viruta. Es caballo fetén y no mierda. Alcanzas tu agujero de muerte para ti solo.

XI

¡LO QUE SE VIVE cuando se filosofa! Sócrates también iba para centenario como Buda y Confucio. El Sabio no se había dado cuenta: las últimas palabras de Buda —«todo será un día destruido»— parecen calcadas de las de Confucio... que palmó un año antes (479 y 480 antes de Cristo). Y que soltó, más dicharachero, pero con el mismo calado fondo: «La gran montaña se desploma, la viga maestra se hunde, y el discreto se mustia como una flor.» Lo malo es que yo me he ido derrumbando entre desvanecimientos desde que aterricé en este mundanal aborto. Con una madre de quita y pon. Para mí, Sanjoderse no cayó en lunes, sino en todos los días de la semana. ¡Qué suerte tuvo Confucio con su fragancia mesurada!

A la madre de la María Jesús le dio el soponcio cuando la cazó con las uñas en la reserva. Y al padre, un cabreo cinco verdugos. Que si su jodida carrera de juez, que si la prensa lo iba a crucificar, que si el gobierno... Me entraron ganas de matarlo. Él y su morcilla formaban la pareja más pesetera y egoísta con la que me he topado.

La enchiqueraron viva. Sin otro respiradero que la criada. Ésta venía a verme con el parte y los llantos. La María Jesús también quería matar a sus padres «y volver a ser mi mujer». La criada olía a chota y le sonaba la bisagra cantidad, pero mamaba como un tren.

Comencé a comprender lo que valía la María Jesús cuando la encerraron sus padres. Me sopló la desesperanza en el cogote y, además, mi bolsillo estaba bajo cero. De una cosa a la otra... di el primer atraco de mi vida. Te lo contaré mañana en blanco y negro.

XII

Estaba con un super-hiper-mono pasado de rosca. Aclocado en el taller sin pensar en nada más que en cómo ponerme un pico. El poli vino con sus plomos amazacotados. Lo de siempre... que me dejara magrear... o darme un beso... sólo uno... Le puse el trato en solfa:

—Me ayudas a atracar a un tío y te pago con lo que más te guste... de mí.

A las tres de la madrugada se nos cruzó un pringao. Poco mayor que yo, menos alto... «el de la teta del culo», habría dicho mi abuelo. Gafitas ñoñas y pinta encogida. El poli me escoltaba de lejos.

Lo miré. Quería gustarle. Eso se me da fatal. Sonrió. Se metió en la obra de una calle oscura detrás de un bingo. Se me encogió todo desde el ombligo para abajo, pero el corazón se disparó a toda mecha. Pegaba aldabonazos como si quisiera salir del pecho.

Cuando me metió mano me tiré encima de él. Saqué la navaja (una herramienta automática en plan faca), y se la puse en el cuello. El poli lo descargó de todo su potosí. Y además se aprovechó de él sin razón. Lo martirizó sólo para darse gusto. El chico, con el pánico en el cuerpo, estaba dispuesto a todo, y más cuando de un tajo le cortó la oreja. Sangrando se la metió en el paquete.

—¡No chilles, cabrón, o te capamos!

Respiraba jadeante... sollozaba. Cuando le clavó la navaja en el pito me puse a vomitar, mientras el poli reía de una manera cavernosa. Fue la primera persona que he visto morir. Al fascista del teatro de la Villa lo di por muerto. Ya te contaré otro día.

Salimos corriendo a galope tendido. Cruzamos la avenida toreando a los coches como locos, bajo una granizada de frenazos, gritos y cláxones.

Llegamos al barrio baldados por el maratón. Registramos la cartera. El poli, sólo a lo suyo, quería que me bajara ya los vaqueros. Fuimos al camello. Le dimos la Visa. El poli me guardó el reloj. Me pinché en las escaleras. ¡Cuánto desahogo! El que yo quería ser me esperaba bajo el manto del mono, a punto de suicidarme.

XIII

A LOS NOVENTA AÑOS, Diógenes se suicidó aguantándose la respiración. Si el chico del bingo hubiera sabido hacerlo, el poli no le habría torturado de tal manera. A pesar de lo que dice el Sabio, Diógenes me parece un tío cochino que se la pulía en público. Y para colmo, se zurcía un dobladillo:

—Y lástima que no pueda aplacar el hambre meneándome la panza.

Los reclusos de mi galera jalean semejantes animaladas. ¡Pobre gente! Más les valdría mirarse en Quilón de Esparta, y rumiar su estribillo: «Conócete a ti mismo.»

Cuando me agarró el sueño bien agarrado la noche de mi debut de atracador, no sé lo que hizo con mi zupo aquel asqueroso poli asesino y gorrón. El caso es que me desperté al día siguiente desnudo y, como subsidio, desenvainado. La cama

36

parecía un cromo, con sábanas de limpio y almohadones de mariposa. El poli, ojo alerta, montaba la guardia con café, leche y churros... y un nardo en un florero gastador. Era un cursi descarado: flor de andamio. ¡Y un criminal!

XIV

LA FILOSOFÍA... ¡qué chorrada!, pero ¡qué gozada! Me va un kilo. Me paso las horas de patio oyendo al Sabio, preguntándole, comentándole... Y precisamente yo... que le corté la coleta a la esperanza casi desde que nací. Soy un paralítico que tira de su silla de ruedas.

La María Jesús se escapó y se pegó rauda. Mis finanzas menopáusicas rebotaron de un brinco. Con la ayuda de la criada, la Engracia, que quedó fichada, la María Jesús continuó el saqueo... con nocturnidad y dobles llaveros.

La Engracia me ayudaba a ponerme tieso cuando María Jesús se emperraba en que le pusiera el haba. ¡Es tan caprichoso lo del meteysaca! Yo prefería que sin gorigón me besaran de reata.

Un camello —Cartagena— nos enseñó a robar radio-cassettes y cazadoras de cuero. Te cuento los regates:

De entrada, hay que fabricarse una china. Las bujías de coches normales y corrientes tienen un cacho de porcelana blanca en anillo. Cuando le pegas un martillazo a la bujía, la porcelana se hace añicos. Cada uno de ellos es una china. Este proyectil tiene la virtud de romper la luna de cualquier ventanilla cuando se dispara con arte.

De segundas, se elige un coche de postín. De Mercedes o BMW para arriba. El casero de un cochazo semejante, como está forrado, es normal que haya olvidado alguna pijotería jugosa en su carroza.

Si no se da con un pastel así, hay que rebajar las ínfulas y buscar un coche con radio-cassette digital. Si no es digital, no hay que ponerse en los cuernos del toro ni por asomo.

Hallado el blanco, hay que arrimarse con disimulo, mirando de lado y con sordina. Se dispara la china, y la luna se raja en trizas, pero permanece tiesa como si sujetara sus añicos. De un codazo se la vence. Se abre la puerta del coche, y tiras del digital.

Ésas fueron mis hazañas de picador sin cabeza.

XV

Con el cuerpo se saca menos que con la china, y también es menos acojonante. Cuando el camello me veía llegar con el apaño, me decía:

—¿Qué negocio me traes?

Ayer nos dijo el Sabio que negocio es algo así como el antiocio, la neg(ación del) ocio. ¡Tenía razón el camello! Trincar un coche es de lo más aperreado. Sin embargo, Platón no tenía ningún aprecio por los que trabajan, según nos ha leído en un libro el Sabio. Consideraba a trabajadores y campesinos los últimos de la clase; detrás de ellos sólo iban los sofistas y los tiranos, y, muy por delante, atletas, adivinos, financieros... y polis. Creo que Platón y yo estamos empatados en lo de no reír nunca, pero yo no moriré a los ochenta y un años... y en un banquete de bodas. ¡Me queda tan poca cuerda! Lo que aún me mantiene es el soplo de la muerte.

XVI

Voy a dar un brinco en mi historia, para contarte algo ya del final.

(La verdad es que las últimas semanas en Valencia, con el poli emborricado a cuestas, el nalgamen de la Engracia, la María Jesús haciendo la osa o papando moscas y su familia siguiéndole la pista, pasaron muy lentas. En un tiempo sin más fondo que el dolor. La foto del chico del bingo salió a barullo en la prensa. A su asesino, el poli, se la traía floja, pero a mí me daba la impresión que la policía pisaba mis talones. La baba del muerto brotaba aún como musgo entre la zozobra y la náusea.)

Mi madre me propuso, para desengancharme del caballo, encerrarme en un centro del «P». Es un reformatorio disciplinario peor que la más hijaputa de las cárceles. Pero para escaparme del caballo hubiera hecho cualquier cosa. Mi madre me pilló de retirada, y acepté la penitencia.

Al aterrizar en el «P» me cachearon de arriba abajo, me fondearon el culo, y se hartaron de darme voces.

Como andaba de mono, mi tío farmacéutico, Toribio, me había dado unas medicinas antes de enchiquerarme. Para que me lo tragara sin crujires de dientes. Las tiraron al water. Una carta de la Sol, ídem de lienzo. Si no hubiera tenido el mono subido en el cogote, habría agarrado un cabreo de requetehostias.

—Aquí el mono te lo vas a tragar a pelo.

XVII

—Olvídate que existen medicinas y drogas.

Durante los primeros días de martirio chino en el «P», tuve que echarme al coleto seis tisanas diarias, de un cuarto de litro cada una: era la dieta de la casa para los novicios.

No puedes imaginar lo que es el mono. Te duele el cuerpo hueso a hueso, sin olvidar ninguno. Te magullan dentro a bastonazos. Eres pasto de un remolino de desgracia. Y para colmo, la cabeza te explota penetrada de suplicios. ¡Y yo bebiendo tisanas!

Los diez primeros días, dos tíos se turnaban, como en la Legión, para no dejarme solo un instante. Casi pegaban el ojo al de mi culo cuando jiñaba. ¿Por si cagaba cocaína? Postrado entre mis dolores, el desaliento me bañaba en la amargura.

A uno que a poco se les muere de mono, ni siquiera le dieron una aspirina cuando entró en coma miserere.

¿Te he dicho ya que me cae muy bien el Sabio?

XVIII

ATRAVESÉ EL INFIERNO. Descolgué al mono de mi tronco. Y entré en el... purgatorio de los trabajos forzados:

7.30: Tocaban diana. Hacer la cama. Lavarse a pelo y con estropajo.

8.00: Desayunar de pie.

8.30: Currar como esclavo.

11.00: *Break*. Tomar café aguado con pan y margarina. Los domingos, un bollo.

11.30: Currelar aún más: la cantera, o cortar troncos.

13.30: Comer.

14.30: Pasar otras cuatro horas y media más de currante.

19.00: Ducharse.

20.00: Cenar.

21.00: Reunión con el «responsable» para comentar lo realizado en el día y otras chorradas. El tío era un fisgón

catacaldos y preguntón. Como puedes imaginar, yo nunca abrí el pico;
no como algunos que se destapa-
ban el culo y las vergüenzas al aire.

22.00: Ver la tele.

23.00: Ir a la cama.

23.30: Cerraban las luces. Yo estaba tan
rajao, que antes de quitarme el
pantalón me caía de sueño.

El cabrón del «responsable» tenía un
estribillo:

—Vosotros a trabajar como mulas, y
nosotros a divertirnos como enanos.

En la Edad Media se acusaba a los enanos de ser demonios: unos seres malva-
dos, capaces de fabricar objetos diabóli-
cos y de organizar ritos de fecundación y
ceremonias fúnebres sacrílegas. El Sabio
cree que el culpable de la discriminación
fue el mismísimo Aristóteles. Para él, los
enanos eran niños deformes, nacidos a
causa de la estrechez del útero materno.
Para Avicena, un coito mal enchufado
acarreaba la imposibilidad de que toda la
lefa llegara a puerto. ¡Hay que ver con qué
facilidad entramos todos por el aro de
nuestras ignorancias!

El Sabio es pequeño sin ser enano, re-
lleno sin ser gordo, y es viejo sin ser ran-

cio. Su cara está cruzada por arrugas, ¡tan majas! Su frente se adorna con surcos verticales profundos como el deseo. ¡Cuánta luz le envuelve!

XIX

CON QUÉ RUEDAS de molino tan divertidas hemos comulgado: en la Edad Media, si se daba una zancada sobre un niño, éste se volvía enano... a menos de dar una zancada en sentido opuesto (me ha dado últimamente por leer los libros del Sabio).

¡Lástima no haber nacido del tamaño de una pulga! El Sabio me llamó ayer «pulguita mía», y casi me meo de gusto.

«No te integras», me repetían los pastores del centro «P»... por razones de caldo de teta. Para comenzar, el setenta por ciento de la gente tenía el sida, y yo no. Y para terminar, la mayoría iba de flequillo y cabestro para librarse de la cárcel... Y yo aún no tenía problema alguno con la justicia.

Trabajos forzados... y todos los días lunes. El mundo que me rodeaba era una alucinación de pringue, cisco y mugre. El agobio me molía a pedazos.

A uno que se puso a delirar y se fugó, le dieron tal repaso que estuvo a punto de palmarla. Cuando se hartaron de hostiarlo, para cagarle la paloma, lo dejaron desnudo en la cochinera. Por las mañanas, desde lo alto, le meaban y, al parecer, el hijo de la gran puta del Fiera hacía sus necesidades sobre él. ¡Y así una semana! Le achantaron la mui de tal forma que se hizo grupi número uno de los mandos. Daba asco verle.

Me saqué de la zapatilla la foto de la Sol que había disimulado en el dobladillo. A la hora de comer le dije (¡a la foto!... como ves, la castaña de fatiga me había trastornado un kilo):

—Ni un minuto más.

XX

Eran las dos en punto de la tarde, cuando me di por lo bajines el toque de rebato que hubiera podido ser el de difuntos. Me escondí en la caldera. Luego, a todo gas, me tiré al monte. Estaba rodeado por un sinfín de cerros nevados: fueron apareciendo uno detrás de otro.

Bajé a la carretera en cuarta. Me escondí en unos matojos. Pasó la furgoneta del Fiera. Me buscaba con su paladar de carcoma podrida. Mi corazón badajeaba ronco de espanto. Tenía más miedo que catorce viejas.

Hice auto-stop a lo espontáneo. ¡Aunque me empitonara un miura! Un montón de coches pasaron taladrando mi esperanza. Con la sirena a toda pastilla, se anunció una ambulancia de bandera blanca. Me cogió sin parlamentar. La conducía un tío muy majete y sin barrotes. Llevaba en la camilla de atrás a un abuelo con un infarto pasado. Más muerto que vivo, pero con un pico aún sonando a tope. El enfermero me pasó un porro. Nos lo fumamos hacia adentro, desde la piel al alma. ¡Qué gustirrín la libertad!

Al llegar al primer pueblo, nos esperaban cuatro maromos del «P». A ladridos registraban los coches. El enfermero me escondió bajo los faldones de la camilla. Los espoleó de mogollón. Con el cuento de que llevaba un tío medio muerto.

Nos escapamos de la trampa. Con un calentón de canguis. Nos fumamos otro par de porros echando el chorreo. Mientras el viejo se desgañitaba, me mamó detrás de una gasolinera con primor y cautela. Los enfermeros son chupones de mucho mando.

Me puso en la autopista de Zaragoza. Me besó aguantando largo.

Aquí dicen que el Sabio es más feo que un botijo. Pero todos lo oyen y lo escuchan. Se parece a esos diosecillos, a esos viejos sátiros de los cuadros antiguos. Llevaban una flauta o un pito en la mano. Seducían con los sonidos que sus bocas arrancaban a los instrumentos. El Sabio, sin necesidad de instrumento, con sus charlas, nos arrebata. ¿Desde qué abismo de delicadeza me llama su voz?

XXI

Todo lo que el Sabio nos cuenta, rebota en mi propia vida. En el Génesis figura Misraín. Un malvado como el caballo. Engañaba y hechizaba a los hombres con las chispas y estrellas que revoloteaban en torno suyo. Pretendía que era de origen divino. Los incautos le llamaban «estrella viva». Zoroastro. Fue castigado y se consumió vivo, de bruces en la luz de Dios.

En la autopista me cogió un matrimonio deportivo, pero ya viejo. Por lo menos tenían cuarenta años. Me dieron bocadillos, cerveza, y mil pelas. En un descuido les pulí otras cinco mil. La tía era pajillera de pro. Me la meneó a dos manos en plan pirulí de primera. A petición del marido, que dominaba el panorama, me chupó el nabo. Fatal. Luego, peor aún, me metió la lengua en el ojete. ¡Me repugnó tanto! Al final, querían besarme los dos en la boca. ¡Habría vomitado!

Aterricé en Madrid a lomo de caballo. Me enganché a toda brida. ¡Y qué tragantona de atracos! Asalté la casa de mi madre en su ausencia. Con ayuda de vecino y tan vecino: le pringué al abuelo. Me dio el queo, hecho seda. ¡Qué corte! Se rió de criadillas cuando me vio cargado con las medallas de enchufada, el ordenador y el climatizador de su hija marimacho.

Pero la Sol estaba enrollada en la guerrilla de Timor. En Asia por lo menos. Se había pirado con un coronel de la guardia civil. Más encoñado que el rey de bastos. ¡Y desertor!, el gilipichas. Cuando me hablaban de ella me daban tales picotazos de morriña, que les decía a los chivatos, más cabreado que una mona:

—No te lo crees ni tú,

o

—Corta y rema, que vienen los vikingos.

Todos se empeñaban en que el militroncho de su puta madre le comía el chocho a la Sol. Tío cagón, capullo, berzas, chipichusco y merdellón.

Pero un día me cazaron los del centro del «P» ciego de caballo. Ni sentí la mano de hostias que me sacudieron en mi «despedida de soltero».

El Sabio dice que en la antigua Grecia no se conocía la Ciencia, sino las encuestas sobre las cosas. Según Aristóteles, la primera encuesta la realizó Tales de Mileto. Sacó como conclusión, blasfema, que el dios del mar, Poseidón, no es el artífice de los terremotos. ¡Qué de camino para venir del más allá! ¡Cuánto tiempo he perdido entre la basura y el vómito! La gracia se consumía por sí misma en torno mío.

XXII

¡CUÁNTO APRENDEMOS con el Sabio! Antes de él, y después de él. Antes, bajo la fatalidad, sólo conocíamos los pálidos resplandores de la ruina.

Al llegar al centro del «P», me encerraron en una despensa empotrada en la pared de la bodega. Apestaba a mierda, meao y vomitona. Todo revuelto. Se hartaron de hostiarme. No podía estirarme ni por arriba ni de lado. Viví comprimido en el ovillo de la miseria. Y con el mono encima torturándome de tapadillo para joderme en carne viva.

El último día me sacó del agujero el viejo forrapelotas que dirigía las charlas de las nueve de la noche. No sabía si iba de cura, de político, de poli, de psiquiatra, o de qué estafa cagatintas. Iba armado de una fusta aparente. Me espetó:

—Nietzsche tenía razón. Cuando se va a ver a las mujeres, hay que llevar un látigo.

Pensé que me iba a herniar a vergaja-
zos tras echarme un palo por el ano. Fue
al revés: se puso a llorar y a besuquearme
el muy pindongo. Tuve que chingármelo a
la carrera, y zurrarle la badana con su
propio azote. Era un tipo repugnante. Le
crucé la cara de ida y vuelta. Se le caía la
baba. ¡Qué zorrupia fofa!

Me enrolaron en la brigada de castigo.
Un día de monte a por leña y, el siguiente,
de cantera a por piedras. En sesión continua.

Cada leño pesaba un huevo y la yema
del otro. Tenía que llevarlos hasta el camión del centro. Un calvario sin magdale-
nas ni samaritanos. Uno tras otro empal-
mados. El trabajo en la cantera era más
jodido si cabe. Tenía que cargar la pizarra
en la chepa con tres tíos. Planchas que pe-
saban más de cien kilos... ¡Y al hombro!

El Sabio nos fuerza a pensar pregun-
tando. Conversa con todos en el patio, en
el comedor, en los pasillos, en las celdas.
Como si la verdad fuera lo que nos reúne
a todos. No busca ni jets, ni castillos, ni
millones. La verdad fragua su infinito.

XXIII

A FUERŻA DE TUNDAS, palizas y gargajos, me
gané la confianza del viejo de las charlas
del «P». Y pasé de la brigada de castigo a
asistente, camarero, mozo y recadero de
los mandos. Todas las noches tenía que
repasarle al viejo el mismo disco rayado.
Con tal de no tocarle ni que me besara, estaba dispuesto a partirle el alma a zurriagazos. Lo malo es que todos creían que estábamos amariconados. Era un estrecho
trincanúmeros. Me decía:

—Hoy he sido muy mala contigo, amor.
Tienes que castigarme duro. Dame diecinueve latigazos. Yo los cuento de rodillas
a tus pies con el culo al aire. Soy tu tragona, vida mía.

Pitágoras, según el Sabio, también estaba obsesionado por los números. Pensaba que eran el principio de todas las cosas, y que los elementos de los números
eran los elementos de todas las cosas. Y

que incluso el cielo entero era una gama musical y un número.

Al viejo marimarica y masopijo, antes de volver a mi cuarto, tenía que mearle encima. Abría la boca el muy asqueroso, y con lo que desbordaba se empapaba el aparejo, la churra, y el ojo del culinchi. Era un degenerado, todo el santo día con el disco verde. Cuando se ponía cursi chapero era aún peor:

—Me tienes encoñada, corazón. Déjate quererte: ése será tu amor.

Cuando descubrí dónde guardaba la panoja, lo até desnudo al radiador. Lo último que me dijo antes de que le amordazara fue:

—Amárrame más fuerte, mi tormento. Agarrótame el chisme y las canicas.

Me puse dos pantalones vaqueros uno sobre otro, tres camisas, la cazadora de cuero, y el abrigo y la gorra del maromo mariposa. Llamé por teléfono a un taxi, y tomé tierra en Madrid a las tres de la madrugada.

Mi primera visita, urgente, se la hice al camello. Para abrir boca, me puse un homenaje de fantasma malasio. Me dio un gramo de caballo bragueteado con un cuarto de coca. Me dio un vacilón de virgo. Los difuntos dormidos se despertaron. ¡Qué delirio de cocodrilos y amapolas bajo la harina del firmamento! Me quedé dormido en los servicios del hotel. Me desperté con la aguja plantada en el brazo y la cabeza en la taza del retrete.

El camello me había dicho que la Sol había vuelto al nido. Al coronel de la guardia civil lo habían descuartizado vivo unas panteras en Yakarta o algo por el estilo. Con un pedo de crack arrebujado de LSD se había tirado a la jaula de un zoo. Para impresionar a la Sol con sus péndolas.

Me fui a la puerta del Calderón a esperarla. Con un grupo de hinchas del Atleti nos bebimos no sé cuántas litronas. En cuanto veían a algún merengue, le caneaban el morro. Pesqué una cogorza de piedra y lana que me dejó podrido en la sombra.

¡Hay que ver lo que aguanta el vino el Sabio! El otro día habíamos bebido tanto que se nos cerraban los ojos. Seguíamos a medias la discusión. Cuando todos cayeron el Sabio se levantó, se fue a su celda y se lavó. Luego pasó el día como si tal cosa. Yo me amodorré pensando en sus dos últimas preguntas:

—Como el alma es inmortal, ¿no creéis que el hombre no se puede suicidar ni tampoco quitar la vida a otro? ¿No es lógico pensar que debemos aguardar la orden del más allá para abandonar esta vida?

XXIV

CON EL HIPO, apandamos un Dyane 6 y batimos el monte. A la caza y pesca de la Sol. El tío quería darse el filete con ella. Olía a lefa que tiraba para atrás. Lo del guardia civil le cargó el pistolón. Yo quería que me liara el alma con sus dos luceros. ¡Cómo miraba de rejilla!

Un coche se roba así: primero le haces el puente. Con una navaja, te cascas la cerradura. Arrancas los cables de debajo del volante. Los unes. El motor se dispara. Rompes el bloqueo de la dirección, y te piras.

Con el Dyane 6 en un semáforo, se nos pegó al culo un coche patrulla de los ratones. Menudo trabucazo. Un susto de relámpagos podridos. No pasó nada. Cuando veía a un poli, siempre creía que venía a por mí: por lo del chico del bingo, o por lo del facha del teatro.

Comencé a darme cuenta de lo que significa morir hace nada. Cuando el Sabio nos contó la muerte de Sócrates. Sin el menor esfuerzo, siguió siendo quien era. Como si el tener que envenenarse con la cicuta al final del día no tuviera importancia. Convencido de que hay una vida mejor en el más allá. De que el virtuoso sabe sonreír ante la muerte. Cuando el Sabio nos cuenta estas cosas, descorre el arcoiris y nos deslumbra.

El Hipo y yo nos paramos en la discoteca OH, que está en la carretera de La Coruña. De la Sol, ni los tachines. Se me juntó una profe de la Universidad de Verano. Medio franchuta. Como la llamaban Denise, yo le puse Dionisia. Con el escaparate en su sitio, y los limones a cien. El Hipo dijo:

—¡Qué noche tiene esta tía!

Me dio ella un sello de ácido y una pastilla de *ecstasy* que me pusieron en el tren de los gatos.

¡Menudo tortillón hicimos los tres! Luego se juntaron el Feo y una zamorana de polvo pronto, la Cheli. El espid me había dejado fuera de órbita. Pero los demás, el que no follaba es porque estaba dando o tomando por el jebe.

Nos dimos una vuelta de regadera por la M-16. A la Cheli le dio la meona por sacar el culo por la ventanilla, o por tocarse el cimbel cuando la miraban los de los coches de al lado. A la profe, el Hipo y el Feo se la metían hasta por las orejas. Ella se empeñaba en echarme flores y en besarme. Su lengua y sus morros me daban asco. Cualquiera sabe lo que puede trincar por la boca una tragona de esas de la Universidad. Pasamos la noche como cenicientos sin tumba.

XXV

Antes de que el Sabio nos dijera lo que es el amor, yo pensaba que el mayor placer era desnatarte con la Sol, o ponerte un pico de speed-ball.

Ahora sé que la belleza del alma es más preciosa que la del cuerpo. Que el hombre lanzado al océano de la belleza engendra los discursos más bellos. Que el amor de un cuerpo bello conduce al amor de las ciencias bellas, y por fin, de la ciencia de lo bello, es decir, la belleza en sí. Te lo cuento con las mismas palabras del Sabio. Si no, me enredo y no vas a guipar ni un palmo.

El speed-ball la basca lo aclara llamándole espilbol. Media ración de caballo y la otra de coca. Te pega un escalofrío de jilguero. Cuando te capullas en la vena la bomba, se te ponen las agallas por corbata. Eres Sansón y Dalila en cinemascope. De la rabadilla hasta la azotea te dan unos

viajes de ida y vuelta de buten y muy señor mío.

Te suda la cara y sólo oyes por la bragueta como los gigantes. No es que estés
sordo; es que el relajo te alucina. Te cuelas
por su embudo fatal.

Es peligrosísimo. Te vuelves cachondo
mental de entrada. Luego te alojas en la
miseria rápido como el cemento. Y por
fin, chafada tu historia y tu vida, terminas
como yo, hecho una puñetera mierda.

Contestaré mañana a tu pregunta. Ahora el Sabio viene a verme a mi celda. He
pedido al compañero que nos deje a solas.

XXVI

RESPONDO: Dejé de estudiar... mejor dicho, de ir al colegio, a los quince años. Lo que se dice estudiar, nunca me enrolló el cortadillo. Fui siempre de bureo a ver qué pasaba. Y nunca pasó nada.

No veas el cabreo filipino de mi madre. Que si mi hermana... que si ella... que si sus estudios fardones cuando era de mi quinta.

El día en que me suspendieron por tercera vez todo el año, arrió banderas. Se la cortó. Quería que sudara el calcetín, ya que no había resudado la mollera.

Con mangancia y engañifas, me puso el cepo en la construcción. En la empresa de otro enchufado de su partido. Tomé la alternativa de peón de albañil en la carretera de Getafe. Llevaba carretillas llenas de arena de un lado para otro cagando leches y sin apearme en marcha. El dueño se había alistado al sindicato de las prisas. ¡Maricón el último!

Quisiera ser como el jardín japonés del santuario budista de Ryoan-Ji. Un lugar sin vegetación de engendro. Un sitio que le gusta al Sabio. Ni flores, ni árboles, ni macizos, ni parterres, ni surtidores, ni rosas. Un montón de piedras irregulares. Cubiertas de musgo. Como si lo que soy se perdiera en el olvido.

XXVII

EL JEFE no me tragaba, y el capataz me tenía una hincha culera. Cuando los dos me sotaneaban con la estéreo puesta, echaba la tranquera a las dos orejas.

—Estás quitándole el pan de la boca a un padre de familia.

La Asunta les caía braga. Una niña que me calentaba la comida. Y todo porque un día nos pillaron echando un caliche raudo en la caseta. La trataron de chipichusca, de zorrupia y de marrana; y a mí de chulo, de cabrito y de hijo de la gran puta.

De una patada, el capataz me tiró la carretilla llena de arena. Estaba hasta las narices. Le llamé cagueta. Se tiró a mí y me puso a caldo. Llegó el jefe, y cuando me vio sangrando y con el mono en mil pedazos, me dijo:

—Ponte la ropa de calle y lárgate. Que no se te vuelva a ver el pelo. Aquí no caben los enchufados.

Con aquella pinta, y de expulsión, no podía volver a la madriguera. Me fui al colegio a esperar a la Asunta. Me coló en el desván del chalet. Cuando sus padres se acostaron, se subió a escondidas con una botella de coñac Hine, otra de Valdepeñas y un peñón de porros. ¡Qué monumento! Estábamos poniéndonos moraos, pero aún a medias del programa monstruo, cuando aparecieron los padres.

—¡Vístete, niña! —ordenó su padre, que era teniente coronel. La madre, a moco tendido, repetía:

—No te da vergüenza... haciendo... —no se atrevía a terminar—: Haciendo a gatas el carricoche.

Con el rabo entre las piernas, tuve que volver a casa de mi madre.

El padre del Sabio era escultor, y su madre, comadrona. Con él estoy siempre de parto. Con sus preguntas, alumbro. Rompo aguas con la barriga en la boca. Habla de belleza, y la suya me parece divina. Nadie le puede resistir. El otro día me quedé a solas con él. Y no pasó lo que yo quería que sucediera. Hoy le he desafiado a un combate de lucha grecorromana en el gimnasio. Pelearemos entrelazados sin testigos, casi como nos parió madre. Estoy gastando mi espina con la impaciencia.

XXVIII

¿No DIJO Heráclito que si el mundo tenía
que perecer incendiado, distinguiríamos las
cosas por su olor?

A los quince años ya estaba podrido
por dentro. Con el alma pinchada, y sin
pomada para el pincho. Mi madre cogió
un cabreo escagarruzante. Tan merdellón
que no sabía nada más que repetirme lo
que ella y mi hermana habían hecho ya a
los quince años. Tenía el fuelle flojo, al
fin.

—¡No sé qué hacer contigo!

Para hacerme «un hombre de provecho», me fichó de pinche en un restaurante francés de Puerta de Hierro.

—No vas a ganar mucho, pero vas a
aprender un oficio honrado.

Y añadió, machacando el clavo:

—Es tu última oportunidad.

En el segundo trabajo de mi loba vida
sudé más que Dios. No ligaba bronce ni

los domingos. Me harté de pelar patatas y cebollas. Me cantaba el bote con el tufo que tiraba para atrás. Aprendí a hacer crêpes bretonas y ensaladas de endivias, pero por la Universidad a Distancia.

Me explotaban a huevo. Cobraba veinte mil castañas por mes, a pelo, sin contrato ni seguro ni virguerías fililís. Y mi madre, que, según ella, se había casado con la justicia, tragando badajos. ¡Había que oírla defender a los pobres y a los trabajadores! ¡Cómo les doblaba la bisagra a los explotadores de pantalla para afuera!

Estaba superhecho polvo. ¡A puro cojón! No sabía entonces que san Juan de la Cruz imagina que Dios va mirando las miserias de la tierra, y

> *con su sola figura*
> *vestidos los dejó de su hermosura.*

XXIX

Los FIELES de la secta rusa de los skopstry, nos ha contado el Sabio que se cortaban ellos mismos los buñuelos. Anestesiados por la fe. Yo no sólo hubiera debido guadañarme los chinchulines, sino también el ciruelo. Pero acorchado con un litro de éter.

Al jefe del restaurante yo no le entraba de dientes adentro. Un día, más encabronado que un macarra sin trigo ni pendón, me empitonó al descuido:

—Tú te pasas el día montado en globo con la chica de los servicios. Aquí no has venido para follarte a mis empleadas, sino para sudar el calcetín.

La Olimpia se revolvió y descargó el nublao. Los dos estábamos hasta el gorro de aquella sabandija.

—Te vas a buscar, aborto, otro pinche y otra chica para los servicios. Nos apeamos en marcha, carajo. Entérate, negrero, que se ha acabado la molienda de esclavos, chupóptero.

Con su gente, nos llenaron la cara a aplausos.

Decían los griegos que antes de entrar por la puerta del infierno, existían dos fuentes. El agua de Leteo borraba los recuerdos, y la de Mnemosina, fijaba en la memoria todo lo visto y oído durante la vida. Yo no conocí la de Leteo, ¡ay!

A mis amiguetes les iba el chingar. Tenían el badajo revoltoso. Para mí el espid era cuando, al correrme, la gachí me decía que me quería. Pero con toda la boca.

Me desvirgó una abogada en los sótanos de los ministerios. Yo era un niñato. Me asustó la tía. Creí que me iba a zampar el canario.

La segunda, la Nati, me hacía manolas y me choriceaba bartolillos. Sus padres eran pasteleros. Como era mayor, y le gustaba el deschochete, terminó encaramándoseme. Nos poníamos morados de bartolillos echando casquetes. Pero prefería que me hiciera cañas. La Nati ha venido a verme a la cárcel. Ahora va de beata. ¡Lo bien que le sienta el luto! ¡Qué cacho jai tan bien puesta!

Con lo del chingar, los tíos se montan unos cines de coñocada. No debería extrañarme. Uno de los hombres más inteligentes que parió madre, según el Sabio, fue Newton. Creía que el universo tenía tan sólo seis mil años. Se equivocó en quince mil millones de años.

¿Y quién soy yo para hablarte de estas cosas? Yo que no acierto a estar ni en el momento que pasa.

XXX

Ojalá (me dijo ayer el Sabio) la sabiduría pudiera verterse de una inteligencia a otra. Como el agua pasa de una copa llena a otra vacía a través de un retal de lana. Cuando le escucho, me palpita el corazón con más frenesí que a los saltarines. Sus palabras, ¡cuántas veces me hacen derramar lágrimas!

Y tú me pides que te cuente mis velorios y funerales. Por lo bajo del catre, oculta, estuvo siempre la muerte emponzoñando las estrellas.

A la Belén la conocí en la discoteca Joy Slava. Como era comunista y mayor, tenía un apartamento de infarto. Le daba por hacer posturas. Se metía un consolador en el conejo. Como su alcázar era el palacio de los espejos, se le veía el mejillón triplicado mil veces. Con tanto perejil se me caía el pito. Para que se me embalara, me untaba el capullo con sebo de cocaína.

¡No veas qué suplicio el de la pijabrava! Ni con hielo se te arremanga. Se agarrota uno de bruces. Con las pelotas empavonadas de moho.

Al Ángel lo conocí en el psiquiátrico. Mi madre me había acuartelado para que me curaran. O por lo menos, para que me vigilaran entre bastidores. Locas y locos andábamos revueltos. El Ángel era rubia, con ojos clarísimos y pinta de inmaculada de sagrario. Se había depilado el felpudo. Andaba despelotonada por un sí o por un no, con la almeja barbilampiña. Quería que le diera de hostias. Era masoca perdida.

—Trátame como a la más guarra de las furcias. Soy tu esclava.

El celador nos pilló de tomate al rojo vivo. Y sansejodió el psiquiátrico.

El Sabio me dijo:

—Lo que da valor a esta vida es la contemplación de la belleza absoluta. Si llegas a contemplarla, ¿qué te parecerá después el oro, las joyas, los placeres de la carne? Pasarías la vida al lado de la belleza privándote de comer y beber. Absorto en su contemplación.

XXXI

¿ROBAR...? ¡Vaya pregunta cañón que me haces! Por el caballo le robé a mi madre, le robé a mi abuelo, le robé a un fiambre del cementerio, le robé a mi tía, le robé a mi tío, le robé a mi primo, le robé a mi prima, le robé a mi bisabuela de noventa y cinco folios, le robé al portero, le robé a un policía, le robé a un bombero, le robé a la Sol, le robé a una pajillera del Carretas, le robé a un pollasanta de San Francisco el Grande, le robé a un porculizador de Serrano, le robé a mi hermana, le robé a su novio, le robé a una zorrona de puticlub, le robé a una jugadora de tute de Cuatro Caminos, le robé a una tortillera holandesa, le robé a un soplagaitas tunecino, le robé a un revendedor de pilas, le robé al camello, le robé a una putanga de Callao, les robé a los pollalisas, les robé a los acarajotados, les robé a los ambidextros, les robé a los que se rilan por los perniles, les robé a los banderilleros, les robé a los bardajas, les robé a los berzas, les robé a los palomos, les robé a los pajeros, les robé a los bordes, les robé a los cebollos, les robé a los chaperos, les robé a los lirios... ¡Pues claro que robé..., y que estafé, y que desfalqué, y que cogí, y que desvalijé, y que saqueé, y que asalté, y que atraqué, y que timé, y que usurpé, y que malversé, y que despojé, y que expolié, y que birlé, y que pulí, y que descañoné, y que desplumé, y que espabilé, y que chorícé, y que aclaré, y que trinqué, y que afané, y que torré, y que apañé, y que soplé, y que cepillé, y que apiolé, y que retraté, y que randé, y que mangué, y que limpié, y que guindé, y que chorimangue! ¿Cómo lo puedes dudar? Para cebar el caballo fui mechero, carterista, pistolero, caco, descuidero, ladrón, ratero, ganzúa, saqueador, timador, cortabolsas, escalador, guinde, mangante, randa, monstruo, chorizo..., criminal. Robé tanto..., pero infinitamente menos de lo que quise robar y no pude.

Cuando era niño me preguntaba por qué por las noches el cielo está oscuro con tantísimas estrellas. A este misterio de mi infancia, según el Sabio, los astrofísicos le dan un nombre científico: «La paradoja de Olbers.»

Cuanto más robaba, más gastaba y menos tenía. Al final, robaba como un autómata de la desolación.

XXXII

Sɪɴ ᴘᴀʀᴀʀ el carro, a lo bestia, me embaulé en el infierno. ¡Mi mundo! No encontré a su puerta las dos fuentes que existían en la raya del infierno griego del que te hablé el otro día. Yo me hubiera sumergido en la de Leteo, para olvidar toda mi vida marchita. Paso a contarte lo del Antonio como me pides.

Haciendo dedo sin apechugar, aterrizamos en Marbella. Éramos una peña de drogatas de mucho vacile. A las tías se les transparentaba el bosque una cosa mala. La Sol estuvo tres días con el san Gregorio. Pero el cochino del Antonio le morreaba el mejillón en su tinta.

El Antonio era un viejo de la era del coño, de sesenta para arriba. Calvorota, con una pata chula y un toque de santurrón. ¡Menudo bohemio enrollado! El caballo ni lo olía. Pero se te fumaba veinte porros como quien mea. Y se metía en el cuerpo unas triples rayas de coca de tranca. Aguantaba más que el borrego del Tercio.

Vivía del cuento. Pintaba cuadros, metiendo manchas, borrones y chorradas. No trabajaba en nada serio. No sé por qué te interesa este tío.

—Ésta es mi novia.

Así presentaba a la Sofía, la golfa más golfa de la Gran Bretaña. ¡Y era·búlgara! Para darle gusto al Antonio, mamaba cachiporras a barullo. Siempre andaba con las catalinas al aire y el estroncio dispuesto. Se empichaba de escopetazo aunque estuviera de mal guay.

Al Antonio, lo que más le iba era bajarse al pilón, aunque, como te dije, la gachí estuviera con el disco rojo. El Feo, como era tan tirado, le ponía un rabo casi todas las tardes. Luego, nos fumábamos una tanda de canutos y nos íbamos al centro de Marbella con la Sol. Donde está la marcha.

La Sofía, por ovarios, me atacaba duro. Pindongueaba a las bravas:

—Ven que te moje el churro.

Le eché el freno de corrido. El Antonio ni se cabreó ni me lo tuvo en cuenta:

—Sabes persuadir, hombre.

La fuerza de persuasión era para los

griegos una acción preponderante. Tanto,
que la aliaron a la divinidad: Peitho.

El Sabio, cuando habla, nos impresio-
na a todos como no podría hacerlo el ac-
tor más famoso. Todos le escuchamos con-
movidos..., seducidos.

XXXIII

Yo TAMPOCO puedo evitar ciertas interrogaciones que me abruman. La razón está sometida a esta condición tan singular.

Lo he intentado dos veces con el Sabio. No quiero darme por vencido. Hace un rato lo invité a cenar esta noche, como hacen en la galería los presos que quieren tender un lazo a un compañero. Lo pillé tan sorprendido que se negó. Pero luego accedió. Me vino a la mente el verso de un poeta que él me enseñó hace una semana:

—Soy un pájaro, mirad mis alas.

El Antonio se fue solo a una fiesta de andobos y carrozas. Vino a buscarle un viejo tan viejo, que podía ser su bisabuelo. Con más rostro que la osa, iba de julai estampado y la molondra con unas lanas blancas camión. Periodistas y fotógrafos cayeron a punta de pala.

Como estábamos sin lata, pasamos el día vendiendo pegatinas de Snoopy. Las cepillamos en una tienda de regalos. Nos forramos el riñón: las vendíamos para la Unicef. ¡Decíamos! ¡Qué chollo bacalao! Lo de los niños africanos que se mueren de hambre a patadas les da un voltio a gilitontos y lilas. Las chocolatinas, los tejos y los bolos caían a barullo. A los que enrollábamos con la camelancia, se marcaban un verde. Una señorona de faja, perlas y Chanel número 5, me besó como si fuera el santo virgen y mártir de los negritos hambrientos. Era acojonante. ¡Qué chorizos los de la Unicef! Se lo han montado de recojones. Se deben meter entre dante y tomante de nabo a popa, en plan industrial pero a tocateja, una guita monstruo.

Por la noche (sin el Antonio), la Sofía, la Sol, el Feo, la Cheli, el Hipo y yo, nos íbamos de toma pan y moja. Conocimos tíos y tías a mogollón. El Feo me decía:

—Saca el mango, macho. Y los reverendos. Que los guardapolvos están a tiro. ¿No ves que la chuminada se da una ración de vista contigo?

Cuando se me habla así, la zozobra se empina sobre el desconsuelo. ¡Qué desgracia el haber vivido, y qué horror tener que seguir viviendo! A mí también, sólo me consolaba el silencio y el donaire de las cosas.

Esta noche, con el Sabio... Hasta entonces, los minutos que pasen pondrán el acento sobre la irrealidad del tiempo ordinario. Pero si, como él dice, el tiempo no existe, si sólo es una moda o un prejuicio, permite al menos la intensa melancolía y el anhelo intenso de la espera.

XXXIV

FRACASÉ por tercera vez. Vino el Sabio. Pero apenas hubo cenado, me dijo que quería marcharse. Una sombra de pudor me impidió retenerle.

El Antonio me dijo un día:

—Con tu carita de buena persona, para las burguesas eres el yerno soñado.

¿Y qué culpa tengo yo? No sabía entonces por dónde iba.

El caso es que el Antonio se ligó a una jamaicana con un cuerpo en verso, aunque olía a sobaco de comanche. Me mamaba el pitorro, las pajaritas, o el polisón, mientras que él le lamía la cremallera. Yo le decía:

—Menos cartucho, pero dime que me quieres.

El Antonio paraba su trajín para oírla. Pero lo decía fatal, peor aún que el de las lanas blancas sus poesías.

Como al Antonio le calentaba verme

echarle un feliciano a la jamaicana, nos puso casa en Madrid. Yo tenía la caraja encima y los cataplines para el arrastre, pero estaba sin puta chapa.

Se le había metido una idea en la chimenea. Que le vendiera litografías en los barrios peras. Me vistió de guapete. Y me lanzó al ruedo.

A las señoras les decía que yo tenía que pagarme un master en los Estados Unidos como final de carrera. Esto es el «Sésamo, ábrete» del siglo. Vendí a huevo. Y mira que eran escagarruzantes las litografías del Antonio: churretes y lamparones negros... ¡de cagatintas!

No me salvaba nunca del desayuno con bollos, ni de los chismes: que si el marido era un malva sin redaños, que si los hijos eran unos descastados y las hijas unas fulanas de gorra... Muchas querían darme un baño, y algunas, unas mamadas de catequesis. De follar, nada. Todas pasaban.

Eran simpaticonas, orondas y complacientes. Como si fuera el confesor o el médico, algunas me enseñaron el diafragma. Lo solían guardar en estuches fardones. Cuando se abrían salía una nubecita de polvos de talco. Por cierto, y aunque no venga a cuento, ¿ha topado alguna vez la punta de tu minga con un cabrón de an-

86

zuelo? Ese invento de aguafiestas se llama el esterilete. Deberían avisar, las jais.

El filósofo Canguilhem imaginó una máquina que gritaría «¡Eureka!» cuando se consiguiera dar con una evidencia. Este artilugio no hubiera sonado nunca para mí. Pasé toda mi vida de hombre libre entre la inseguridad y la incertidumbre.

XXXV

Vendí más litografías que el Museo del Prado. Me chutaba todos los días a borbotones. Se me llenaba de racimos el pellejo de tanto caballo. A golpe de sulfato fui aumentando la ola. Acumulando ansias en la noria inagotable de mi gazuza.

Una noche, con la jamaicana a cuestas, me pasé de la raya y de la chota. Me metí un petardo cargado de metralla. Salí disparado; atravesé el techo y el cielo sin estrellarme. El corazón se me hizo añicos. Me quedé colgado.

No sé lo que me pasó desde ese momento hasta que me desperté dos días después en el Hospital Psiquiátrico.

El Sabio me preguntó esta mañana:

—¿Qué pensarías de alguien que pudiera contemplar la pura belleza por amor?

El instante se llenó de su estancia sobre la inmortalidad de un vuelo inmóvil.

—¿De alguien que contempla la belleza

sin vanidades, sin pompas, sin colores del arco iris, y sin todo lo que es superfluo o perecedero?

Oyéndolo rescato la intimidad. Dominado me penetra su fervor.

—El que así amara la belleza, ¿no crees que alcanzaría la felicidad?

Oigo con sus oídos. Miro con sus ojos. Entiendo con su cerebro.

Para Isaías, el jardín de Dios estaba rodeado de piedras preciosas. Hesíodo creía que existió una edad de oro en la cual los hombres vivían como dioses. Platón creía que el paraíso terrestre estaba situado bajo el reino de Cronos. Simão de Vasconcellos sitúa el edén en el Brasil, Calvino entre el Sol naciente y Judea, Raleigh se inclina por la Mesopotamia, Basnage por Nínive, y Luis de Urreta por Etiopía.

El paraíso sería para mí escucharle sin fin, sin otro impulso que el latido de su providencia.

XXXVI

Fᴜᴇ ʟᴀ ᴘʀɪᴍᴇʀᴀ vez que me enjaularon con los locos. Me desperté en el Hospital Psiquiátrico con una ñorda de stress delirium tremens. Pero en tres semanas mejoré un kilo. Salí virgen. Decidí colgar para siempre la vida de ambiente y su torrente interminable. Por descontado, eché el cerrojo al caballo y no bebí ni un miserable vaso de tinto.

Como lo tenía muy duro, me machaqué el pujo. Para jeringarle la pirula tomé tres decisiones de jura de banderas:

1.º: dejar de mangar;

2.º: currelar aunque tuviera que ir de cráneo;

3.º: y principal: saltar del caballo definitivamente, aunque me rompiera la crisma.

Se me quedó en el tintero la principal. La que me iba a reclutar de nuevo:

4.º: no enflautarme de chulo con una fulana.

Hecho un fiera me fui a asfaltar una carretera entre Santander y Burgos. Con una banderola de esas que pone por delante *stop*, y al revés, *libre*. Como un cabrito ejercí de «regulador de tráfico». ¡Manda cojones, tío! Me daban las comidas, un barracón para dormir, y veinte mil candongas por semana.

Allí sólo se tocaba la pera el chupatintas que, salvo los viernes con la paga, se daba una vidorra de canónigo. Era una faena de agallas. En el mes de julio, con un sol de óbito miserere, y sin una zorra sombra a cincuenta kilómetros a la redonda. Sudaba como un pollo, trabajando más que Dios.

Los viernes iba a Santander. Me echó el guante una franchuta mayor. De treinta años. Dormía yo en su apartamento los viernes, sábados y domingos hasta las cinco de la mañana. Comía y cenaba con ella en restaurantes virgueros. Pero como los ricos, y sobre todo sus maromas, no sólo tienen mala milk, sino la cara puteada de arrugas, hay siempre menos luz en estos comederos de rumbo que en un velatorio.

El héroe de la epopeya finlandesa, el Kalevala, dicen que se vistió con una camisa de acero y se calzó con unas botas de hierro. Y yo estaba en cueros viviendo en las ruinas de mi fracaso.

XXXVII

LA JACQUELINE se había echado al mundo
por el arte de birlibirloque de un torero de
Badajoz. Se la ligó de muerte. Cuando estaba enrollada a tope, se la traspasó a la
cuadrilla:

—O te los follas, o no te vuelvo a ver.

La función terminó de corrido. Le dieron por saco a huevo y, luego, si te he visto no me acuerdo. Total, que se hizo del
gremio, pero a lo franchute. En plan fino.
No era ni una cualquiera, ni una pelleja,
ni un pingo, ni una putiplista, ni la putanga de quinqui guarro, ni el pendón guardapolvos, ni la pelandusca de picadero.
Era una madame cariñosa y calentita con
un par de limones macizos, unas gambas
de ligue, y un pompis de magreo. Más que
abrirse de piernas, lo que le iba era la mamada entrañable, o dar el pico a tornillo.

El Sabio me preguntó ayer noche:

—Procrear o engendrar la belleza, ¿no

92

crees que es el principal anhelo del que ama...?

—¿Que todos los hombres son fecundos espiritualmente cuando aman, cualquiera que sea su edad...?

—¿Que la belleza al iluminar al enamorado, le permite engendrar espiritualmente...?

—¿Que el que ama no puede procrear inspirado por la fealdad espiritual, sino por la bondad y la belleza...?

—¿Que la belleza, sin embargo, no es el objetivo en sí del amor, sino el de engendrar esta belleza...?

—¿Que engendrar la belleza procura una inmortalidad compatible con nuestra naturaleza mortal...?

—¿Que el amor consiste en desear que lo bello y lo bueno nos pertenezcan para siempre...?

—¿Que la inmortalidad es el objetivo del amor...?

Como me había tomado tres chupitos de vodka, coroné al Sabio con una guirnalda de violetas y hiedra con cintas.

XXXVIII

LA GENTE JOVEN de la carretera, para arrimar los cataplines, se ponían de todo. El asfalto te patea vivo. Se iban a un campo de cebada detrás de la cuneta, y ¡al rico porro! Los había que sin el chupete no podían ni levantar la pala. Por la tarde, apurada la litrona para no amodorrarse, se caneaban el morro a base de anfetaminas.

Virgilio cuenta que las yeguas andaluzas inhalan el céfiro del alba. El efecto es tan prodigioso que sin copular se quedan preñadas y paren.

A mi último trabajo honrado le echó el cierre la Jacqueline con su encoñamiento de perendengues. Lo pasaba de papo de mona conmigo. No supe por qué. Esas ternezas repentinas vagabundean el alma

Me puso el cascabel con su apartamento y sus aguinaldos. Me vistió regalón. Y cuando se iba a hacer la calle, me hacía un chupe derramando corazón.

Con tal marcha me reenganché al caballo a pelo. Pero poniéndome la ración King Size. Cuando te has cortado la coleta y luego vas y te hundes, caes a plomo. Ruedas, te desmoronas, te despeñas como un disparate en el caos.

Eché a perder a la Jacqueline. La envicié a modo. Me siguió a plana y renglón cabeceando por las nubes.

A Edipo, su padre le cortó los tendones antes de abandonarlo para que muriera. Tifón hizo lo mismo con Zeus. Pero como el pie simboliza el alma, el espíritu de Edipo cojeó la vida entera. ¿Cuándo me mutiló mi madre?

La Jacqueline y yo, picados el hígado por el caballo, nos derrumbamos sobre espinas. Firmamos como en un barbecho nuestro tránsito. Sin darnos vela en el entierro.

XXXIX

ESTA NOCHE quiero tender un nuevo lazo al Sabio. Te diré que mi alma ni se turba ni se indigna consigo misma de su esclavitud.

Me preguntas cómo maté al facha del teatro de la Villa: dos meses después de la soba, salía con la Sol a las tantas de un puticlub, cuando pasó a mi lado. Lo reconocí de entrada por el jumillo. Al tío le cantaban los pinreles cantidad. Jamás he sentido tal odio concentrado con quina. Le pegué dos cuchilladas por la espalda con toda mi alma.

Se cayó de rodillas. Me miró acojonado. ¡Qué flash! La Sol me gritó:

—¡Mátalo entero, que te ha visto!

En metisaca, le pinché siete veces. Le atravesé el corazón a aquel tío que no lo tenía.

Salimos por pies. La Sol mondándose la cortadilla de la risa. Y yo con el rabo arriba por la rabia.

XL

Aquí, en el talego, a los de nuestra sección nos tratan a cuerpo de rey. Sólo nos obligan a estar al pie del catre para los cinco recuentos. Nos hacemos las comidas que nos apetecen, vamos y venimos por la galería como nos da la gana, dormimos con quien queremos.

Pero anoche no pude ver al Sabio. Vi pasar la riada tenebrosa a través de mi esqueleto. La noche entera.

Éste es el tren que llevaba antes de que me metieran en el trullo:

Me despertaba clareado de potro de doce a dos de la tarde. Me ponía un cuarto de gramo de caballo. Pero no para gozar de frente, sólo para poder trajinar el cuerpo enmaromado por el mono.

Hacia las cinco de la tarde, me desayunaba con medio gramo por la música de burro.

A las nueve de la noche, otro pico de

un cuarto de gramo. Y ya, de coña, a vivir la noche, al avío.

Por fin, para poder dormir, tenía que chutarme un cuarto de gramo. Con el caballo duermes con los ojos abiertos, como las liebres.

¡Imagínate la mercancía que tenía que espabilar para mantener el fogón!

Habría necesitado para desengancharme llevar colgada la medalla milagrosa de los griegos. El gorgonellón. Con la cabeza cortada de la Medusa. Al caballo nadie le transformó su pelambre en serpientes, pero sus ojos, como los de la Medusa, petrifican a quienes lo miran.

XLI

Me dan vueltas en la cabeza las palabras
del Sabio de anoche:

—Todo hombre debe honrar el amor.
De mí os digo que venero todo cuanto a él
se refiere. De esta veneración hago un cul-
to particular. Os lo recomiendo a todos.

Pero a un yonqui, ¡cualquiera!, ni lo
más nauseabundo le importa un chorizo
de Buda.

La primera vez que fui puto de tíos tenía dieciocho años.

Conocí a un guarriguarri vergonzoso
del partido de mi madre cuando lo de la
dictadura. Un juez casado con una santu-
rrona, y con siete hijos. A escondidas me
miraba a mí y a los niñatos de la calle. Lo
tenía más que visto: quería catar el pitorro.

Le pillé en la cola del Jesús Nazareno.
Cantando en playbak con la nube de meapilas. Eran los folklóricos de los primeros
viernes de mes.

En cuanto le pedí que me invitara a un cubata, se desencerró como un miura. En un bar detrás de la plaza de Santa Ana, ya me magreó bajo la mesa. Se tomó una persiana cargada de ginebra para entonarse.

Quería darse un morreo de chorreras sin escupir los roscones. Pasamos por un cajero de la calle y me pagó la aduana. Se sirvió en su chalet de Las Rozas. Quiso que le follara a estilo perro. Pero como el tío maruso tenía el muelle flojo, se cagó de gusto en las sábanas.

¿Hasta para apearnos en la vileza necesitamos un lazarillo?

XLII

AYER PASÉ la noche con el Sabio. Te lo contaré al final. Sé que sabrás excusar mis actos.

Si no te respondo a todo, no es porque quiera esconderte nada. Para decirte la verdad, siempre fui un delincuente. Bueno, no. Comencé cuando pillé a mi madre en el picadero. La vi por la rendija. Con su chanel remangado hasta el ombligo dejándose meter cuero. Me dio el electrochoc. Ni por asomo hubiera podido pensar antes que era semejante pendón. Mientras la veía dejándose dar por el jebe, la golfa, me repetía como una melopea sin fin:

—Me cago en mi puta madre, me cago en mi puta madre.

Al día siguiente le mangué una estilográfica Montblanc al profesor de geografía, y le comí la lengua mirando al público a la pajillera más caliente de la clase.

Era un colegio para niños peras del régimen. No veas la nube de polis a la puerta y en las azoteas con tanto hijo de ministro.

Luego ya no paré de choricear. Además de ser el más vago del batallón, me venía a clase con mi biberón. Media litrona todas las mañanas para ponerme a tope.

De tanto repetirme que me iban a poner de patitas en la calle, o a enviar a freír espárragos, o a mandar a escardar cebollinos, un día por fin me expulsaron. Mi madre y los pringados del ministerio no pudieron ni echarme un clavo ardiendo. Me tiré a la calle con mi malapata. Entré en la barahúnda donde el hombre se asfixia y la ilusión se arruina.

El Sabio, después de cenar conmigo a solas en mi celda, quiso marcharse a la suya. Le obligué a quedarse. Le dije que era demasiado tarde. Se recostó en mi catre. Me senté a su vera.

No sé cómo decírtelo. Estoy como el preso mordido por una víbora y que no quiere hablar a nadie de su dolor. Yo me siento mordido por algo más doloroso y en el sitio más sensible. ¿Cómo puede llamársele? ¿Corazón?, ¿espíritu?, ¿alma?

XLIII

Estoy herido por las palabras del Sabio. Como si fueran las flechas más afiladas y las más embriagadoras. ¿No me van a hacer decir mil cosas extravagantes?

Cuando apagué la luz ya los funcionarios se habían ido, cerrando la verja de la galería. La verdad es que, recostado junto a él, pensé que me iba a decir todo lo que un amante dice a la persona que ama. ¡Imaginándomelo era tan feliz!

Le toqué con el codo y le pregunté:

—¿Duermes?

—Todavía no —me respondió.

Me dije que debía exponerle claramente mi pensamiento.

—Si mi juventud te interesa, y lo que pueda tener de belleza... ¡qué feliz me harías! ¡Qué medio tan maravilloso para complacer todos tus deseos!

Pero tú lo que quieres es que te cuente

mi primer arresto. Que meta la cabeza en el saco de mi mala vida.

Habíamos pasado la tarde cepillando en El Corte Inglés. La Sol, la Puri y yo. En el parking ya apañamos un loro de la jet: un autorradio digital extraíble de bandera. Luego cayeron en las mochilas un vaquero Levi's Strauss 501 de cojón de fraile, un cinturón de piel de cocodrilo con cuajos, un frasco de Loewe y otro Christian Dior, un polo Lacoste, y un plumífero de repanocha. El plumífero es un anorak para esquiar que cuesta un bicho y sus aparejos. Y una docena de gafas Ray-Ban de tipo Way-farer.

Para tirar los tejos, nos metimos en la tienda de hábitos y sotanas de los padres de la Puri. Un comercio cutre de detrás de la plaza Mayor. La Pili, en porretas, estaba loca por la marcha. Quería cobrarse en pilila por puro capricho. Para darles por el ojete a sus pingos padres. Más que mamar en plan chupóptera, se la trincaba como si tuviera más gusa que un somalí de la tele.

La Sol, con modales ella, me aliñó un speed-ball. Estaba bombeándome con la jeringuilla con mi brazo entre sus manos, cuando aparecieron dos ratones de la comisaría. Armados de película.

A Tántalo lo castigaron como a mí. Yo también siempre he vivido bajo un árbol frutero y con los pies en el arroyo. Pero cuando quiero comer o beber, la fruta y el agua se tornan inalcanzables. Como si yo hubiera perdido todo contacto con la realidad. Otros conocen la imaginación. Yo sólo la alucinación.

Mañana termino con lo de la comisaría.

XLIV

Fui tan presumido como Faetón. A pesar de los consejos de prudencia y de espirituali-dad (de su padre Helios, dios del Sol). Yo también, como él, me emperré en sacar el carro de la luz del palacio de oro. Yo tam-bién enganché el carro de la luz a los ca-ballos de la exaltación y de la droga. Yo también quise domarlos, sublimando mis deseos. Yo también perdí el control del ca-rro con los caballos desbocados. Yo tam-bién fui castigado a perecer eternamente. Consumido por las llamas que yo mismo aticé.

El policía nacional vestido de uniforme me ordenó que me quitase la chota. Luego me racheó. El caballo me lo había disi-mulado en el doble fondo de la zapatilla.

Me llevaron a la comisaría en un coche radio patrulla. Con toda la carga. Otro poli que llevaba un tolquivolqui quería sa-ber de dónde había sacado tanto género y tan fardón. Como era un chulo matón, me soltó:

—Deja los cojones encima del piano y canta.

Sin hacer el jaquetón, achanté la mui. Abrí el pico sólo para vacilar soplapolleces a bolo.

Me aplaudió el belfo, el cabrito, con un par de hostiones. Luego me atrapó el paquetamen y me estranguló las pirindolas y la pluma como si me las fuera a despachurrar.

En esto, vino otro poli con más miedo que alma. Por lo de mi madre, ¡seguro!

—Topamos con el partido, Sancho —dijo de bajines.

Me leyó mis derechos. Luego desfiló toda la mafia. Querían verle la cara a un delincuente hijo de ministra. El comisario me sermoneó de pegote y de usted:

—Esta vez se va usted a librar porque no tenemos pruebas de que haya robado lo que sabemos a ciencia cierta que ha robado. Si no cambia de onda, es muy posible que muy pronto vuelva a tener problemas con el Cuerpo. Coja la mochila con todo dentro y váyase.

XLV

¡Ahora eres tú el que te interesas por el Sabio!

Aquella noche en que quedamos solos en mi celda y recostados sobre el catre, le pregunté:

—¿Sabes en qué pienso?

—¿En qué?

—Pienso en que eres el único ser que... me conmueve. Junto a ti me voy mejorando. Nadie en mi vida ha podido llevarme en andas y volandas como tú me llevas. No podría negarte nada de lo que pudieras pedirme.

—¿Quieres unirte a mí?

—Eres infinitamente más hermoso que yo.

—Si esto fuera cierto, actúas de la mejor manera. En efecto, al querer unirte a mí cambiarías tu belleza, la bondad de tu alma, contra la mía. Trocarías la apariencia de lo bello contra la belleza. Me darías cobre para recibir oro.

—Menos que cobre. No valgo nada.

—Pero, ¡cuidado! No vaya a ser que te engañes acerca de lo que valgo. Los ojos de tu espíritu quizá aún no estén suficientemente experimentados para distinguir con claridad la verdadera belleza.

—Ahora conoces mis sentimientos. Acepto la decisión que tomes naturalmente... y la espero anhelante.

—Está bien. Lo pensaré. Y en esto, como en todo, haré lo que más nos convenga a los dos.

Él mismo me había contado días antes que Eros había encerrado en un palacio a Psique. Venía a visitarla todas las noches. Pero el seductor había impuesto a Psique la prohibición de suprimir la oscuridad y de descubrir su cara. Era un amor pervertido que se avergonzaba de sí mismo. El palacio simbolizaba la lujuria asfixiante. Una noche, aprovechándose de que Eros se había quedado dormido a su vera, Psique encendió una antorcha. Y vio que su amante nocturno era un monstruo repugnante. Como yo.

XLVI

PSIQUE HUYÓ de aquella prisión de la imaginación. Para purificarla, Hera, la esposa de Dios (Zeus), le impuso una serie de trabajos tremendos. Gracias a ellos pudo purgarse de los estigmas del desenfreno carnal. Con su clarividencia recuperada pudo al fin ver a Eros bajo su aspecto espiritual, y no como un monstruo seductor. Psique se casó con Eros, que simbolizaba así el amor sublime. Y los dioses del Olimpo celebraron esta unión feliz.

Las historias mitológicas que el Sabio me cuenta, las oigo como sucesos de mi propia vida. Las puebla dulcemente de seres de mi estampa.

No puedo explicarte lo que es el mono, aunque me lo pides. Es inexplicable e inconcebible para quien no se lo ha apechugado. Es la tortura y el castigo hechos a la medida de la infamia del vicio.

El síndrome de abstinencia, el mono o

como se le quiera llamar, es el estado más supercabrón que puedas imaginarte. El martirio te azota por cataratas. Y te dura un hormiguero de días.

Se te ponen unos cachos iris del tamaño del ojo. Te atascan la pupila con lo negro. Cuando te miras en el espejo ni ves el color de tus ojos.

La nariz se te forra de murciélagos. Te salen litros de moquillo líquido que sabe a rayos. La saliva te llena la boca de un caldo de orín fermentado con ácido sulfúrico.

Todo te duele con diez tanques. Los riñones se te infestan de ratas que te carcomen los nervios. En las articulaciones de las rodillas, de las muñecas, de los codos, de los tobillos, ¿para qué contarte? En cuanto te mueves y en cuanto no te mueves... da igual... Se te mete la cremallera de pinchos para arriba y para abajo.

Se te ponen los nervios de rejones. Tienes un cabreo de sesión continua. La cabeza cencerrea y se te rompe la crisma erre que erre.

El insomnio te encapota 24 horas por día. Ni soñar con dormir. Las noches son peores que los días, y viceversa.

Se me olvidaba decirte que los ojos se te salpimentan solos y con chile negro. Lagrimeas vinagre y bilis sin poder llorar.

Desde la punta de la cebolleta hasta la campana de la molondra se te pone la carne de gallina sin necesidad de condiciones atmosféricas.

Te entra una cagalera sin estop, es decir, diarrea. Lo poco que logras embuchar, media hora después lo vacías por el bajacargas. Nada te apetece, todo te revuelve las tripas.

Te pasas diez días sin follar, sin querer follar, y sin poder follar. Aunque la Sol te unte el capullo con brea de la buena.

XLVII

Para alejarme del Sabio, tendría que taparme los oídos. Como los navegantes de la Odisea para escapar de la melodía de las sirenas.

Tampoco pude alejarme del caballo cuando me tiré a la calle. La heroína te machaca vivo. Te va desplumando de todos los placeres, te despolva de braguera, y, por fin, te escondrija tus propias venas.

¡Cuántas veces he puesto los servicios morados de sangre a la búsqueda de la vena perdida! La Sol me ha encañutado la lavativa en el cuello, en la lengua, en el ojo. Y yo solo me he esquilado, sin pasármela en flores, verdaderas carnicerías.

Al cabo de veinte pinchazos sin dar con la Meca, ensangrentado e histérico, haciendo la tiritona, te pones más negro que el sobaco de un ciego. Vas derrumbándote con el cine mudo, en la congoja.

He currelado, mangado, puteado, atracado, chuleado, dado el jebe, follado, mamado, matado, para que cuatro abortos con el seso en la cartera, que ni tocan al caballo, se forren.

Todos los yonquis te dirán lo mismo:

—Si pudiera, y soy más pacífico que Madre Teresa, a todos esos narcotraficantes les cortaba en vivo los cojines y el cingamocho, y se los metía en el chivato con mostaza china antes de matarlos a zurriagazos en medio del Estadio Olímpico y en Mundovisión.

El Sabio cree que el alma es inmortal. Nos ha contado que Sócrates apuró con una mansedumbre y tranquilidad admirables la copa de veneno que le presentó el verdugo. Luego, volviéndose a sus amigos, les dijo:

—¿A qué vienen esos llantos? Al morir sólo se deben pronunciar palabras amables.

Si el Sabio muriera al lado mío, yo no lloraría por su desventura, sino por mi desgracia al pensar en el ser que iba a perder.

XLVIII

TIENES RAZÓN: la segunda vez que pasé por la comisaría, rubriqué mi perdición.

La culpa la tuvo la Eulalia. Una amiga del Antonio más masoca que un tambor. Iba de roja cerroja agrediendo al personal para que la doblaran a palos. Pero la gente, con lo de Europa, se ha vuelto pultácea, y aguanta marzo y sus fumarolas.

Como no me hipa cruzarle la cara a una jai, la martirizaba siguiendo la voz de mi amo: le aplicaba las torturas que me pedía. A cambio me daba papelinas.

Pero como encima era exhibiciochocho, le calentaba mostrarle la seta y las telefónicas al pueblo. En la azotea de su casa. Allí me pillaron. Haciéndole dos ojales en la almeja con una aguja de zapatero ensangrentada. Quería llevar una argolla que le precintara el avío y que le enjaretara los dos labios de la chalupa.

Con mi nombre para más inri: «Soy la esclava de...»

El poli me anunció en la comisaría:

—Ya le dije a usted que nos veríamos.
Lo de la cadenita en salvasealaparte nos la
trae floja. La gente, contra más capullo,
más gilitonta cuando les da por inventar
deportes de higo. Pero llevaba usted un
buen alijo. Esta vez se va a pasar unas se-
manitas en la cárcel. Que le sirva de vacu-
na. La próxima vez le pueden partir por
el eje por muy hijo de su madre que usted
sea.

El Sabio me dijo que Ícaro quedó atra-
pado en el laberinto construido por su
propio padre Dédalo. Laberinto destinado
en realidad a encerrar al monstruo, al Minotauro. ¿Qué quería sugerirme? ¿Que el
laberinto es la zona más perversa de mi
subconsciente? ¿Que el Minotauro es el
caballo? ¿Y Dédalo? ¿Mi instinto y mi in-
genio me permitieron construir un laberinto para encerrar al caballo? ¿Trampa
en la que yo mismo terminé aprisionado?

XLIX

Recostado en el catre de mi celda, el Sabio ordena mi arrebato al son de su mesura.

Para huir del laberinto, yo también me planté falsas alas como Ícaro. Pero mi vanidad y mi inmoralidad no me permitieron acercarme al sol de la espiritualidad. La cera se derritió y caí desde lo alto, ahogándome en el mar de Poseidón de mi subconsciente perverso.

Al Conde lo conocí en la grillera que nos llevaba con otros cuatro delincuentes a Carabanchel. Le gustaron las zapatillas Nike que me acababa de regalar la Eulalia.

—Ajo y agua —me dijo—, tus espachurramierdas me manolan el cipote.

De un par de ligues se descalzó.

—¿Qué esperas para enchancletarme, marimarica?

Los cuatro galeotos se levantaron perdiendo el culo. Cagando hostias me quitaron mis zapatillas, y, en menos que se santigua un cura loco, se las encasquetaron al Conde. Eran del sindicato de las prisas y de la cofradía de los caguitis.

Me entró un cabreo de mil pares de ganglios. En cuanto nos desjaularon, se lo dije al funcionario. Le obligaron al Conde a que me devolviera las zapatillas. Pero me susurró al oído:

—Te voy a hacer cagar hierro. Aquí los chivatos preferirían no haber nacido, soplapichas.

Para que no me hicieran picadillo, el funcionario me metió en las celdas bajas. Antes las llamaban de castigo.

Aquella peripecia iba a traer engrudado a su cola mi calvario. Pero todavía no se me habían helado los ojos.

L

Así ME VA llevando, conducido por el soplo de su sabiduría:

—Fíjate bien en esto: los árboles o los perros, ¿no te parecen iguales unas veces, y diferentes otras?

—A veces me digo, ¿cómo es posible que se llame de la misma manera, «perro», a un chihuahua y a un pastor alemán?

—Las cosas iguales parecen desiguales a veces, pero la igualdad en sí, ¿te parece desigualdad?

—Nunca.

—Cuando ves árboles, por ejemplo, que son iguales, ¿te parecen iguales como la igualdad misma?

No sabía cómo responderle.

—Te pregunto: ¿es necesario que hayas visto esa igualdad antes del tiempo en que, por vez primera, viendo cosas iguales pensaste que todas tienden a ser iguales como la igualdad misma... pero que no pueden lograrlo?

—Como el chihuahua y el pastor alemán.

—Entonces, ¿es preciso que antes de tu nacimiento hayas tenido conocimiento de la igualdad?

—Sin duda alguna.

—Pero si has conocido lo que es igual, ¿también antes de tu nacimiento sabías ya lo que es la bondad, la belleza, el amor...?

—Creo que tienes razón; es absolutamente necesario que supiera lo que era la belleza o la bondad antes de mi propio nacimiento.

—Por lo tanto, tu alma, ¿existía antes de que se incorporara a tu cuerpo?

Me va columpiando de su sagacidad a su agudeza en la plétora de su gracia.

LI

CON TUS cartas toco tierra.

He comprado caballo en la plaza del Dos de Mayo, en las casas prefabricadas de San Blas, en el Pozo del Tío Raimundo, en las chabolas de Entrevías, en la calle Ballesta, en la Gran Vía, en el VIP, en Las Ventas, en Chueca, en Madera, en Tudescos, en La Cruz del Cura... cada esquina de Madrid ha sido etapa de mi vía crucis. Me ha visto babear, llorar, descojonarme por medio gramo de mierda para la charamusca.

La Cruz del Cura cae detrás del hospital Ruber, por las afueras de Mirasierra. Hay allí una banda de superquinquis dispuestos a quitarle el pellejo a su madre y mearle en la raja en el funeral. Los propios quinquis y la poli aparcan a distancia de sus leoneras. Pero venden el caballo mejor de Madrid. No se necesita ni limón para disolverlo. Solía ir con un cabo de la guardia civil de paisano. Nos poníamos el pico en la mismísima chabola, y sólo llevábamos lo puesto. Cuando al cabo se le subía el ajume a la cabeza, se volvía gimoteón y chupanabos. ¡Qué Cristo organizaba gritando «soy una sarasa de la serie D, un puto tomante, un pajillero de la Benemérita»!

El rey Midas le pidió a Dioniso un favor. Quería gozar de todo y para lograrlo tener el don de cambiar en oro todo lo que tocaba.

Dioniso, burlón, accedió a su capricho. Víctima de su propio apetito de riqueza, vio empobrecerse su existencia espiritual. El pan que comía también se transformaba en oro, y Midas iba a morir de hambre...

Entre el atropello y el vacío: todos los churretosos resplandores de mi puta vida de yonqui.

LII

La mili fue una idea de bombilla de mi madre. Para que «aprendiera a ser un hombre de bien». Me di el zuri de su casa requesón. Los sorchis, para matar la noche organizaban concursos de pedos como el rey en San Javier. Luego, unos a otros, para coger el sueño, se hacían unas pajas kilométricas. Los más golferas tomaban o daban por el ojete. Un engendro de Talavera de la Reina, todas las noches recalentaba su gracia: «gargajo de soldado viejo, vaselina de quinto».

El Sabio dice que no debía afligirnos la perspectiva de morir puesto que hay otra vida después de ésta. Lo oigo procurando alzar mi pobre intuición a la aurora de sus secretos.

Las bromas en el cuartel eran de arroba de tanto macarro. El día de la jura, uno que era por lo menos asturiano o vasco se engrasó dos dedos con cagarruta para hacerle la manola a la bandera de España que fardaba de Primera Comunión. Por lo demás, era un canuto estupendo. Le vendíamos obuses, balas, plástico, revólveres, todo lo que pillábamos, y el tío pagaba a base de bien. Tenía el riñón acolchado de machacantes.

Pero mi negocio fue el chocolate, es decir, el hachís. Tantos porros vendía, que a los dos meses aquello se convirtió en un fumadero de serrallo y saturnal. El teniente se marcaba unas danzas del vientre a lo marrana como para levantar el pendón de Algeciras. Me decía:

—¡Qué coño chocolate, macho! Ni en la legión de Melilla he mamado cosa igual. Habría que hacerte un monumento con diez cojones por banda, chuzo en culo a toda verga.

Teníamos un cura castrense de lo más retro. El único pecado que conocía era el de no salir a la calle berreando eslóganes detrás de una bandera roja. Sólo se ponía la sotana cuando los demás se despelotonaban. Se dejaba dar por el polisón con los faldones remangados, por el primer trabuco que le caía encima. Gritaba vengativo:

—¡Y que venga ese reaccionario polaco del Vaticano a verme, si se atreve!

Habría tenido que bajar Apolo a ponerme, como al rey Midas, unas orejas de burro, símbolo de mi desenfreno. Para sacarme del bullicio de estiércol de mi perra vida.

LIII

EL COMPÁS de sus preguntas me modela. Prosigo cauteloso desvanecido en su ritmo. Siguiendo su cadencia, perdiéndome en su sabiduría.

—Dime, ¿te parece que puedes ver el alma?

—Claro que no.

—Entonces, ¿no es material?

—Desde luego que no lo es.

—Si tu cuerpo se asemeja a lo visible, ¿tu alma se asemeja a lo invisible?

—Necesariamente.

—Pero, según tú, ¿qué hace que tu cuerpo viva?

—El alma.

—¿Estás seguro?

—No veo otra explicación.

—Tu alma, ¿te sigue a todas partes adonde vas?

—... Seguramente.

—¿Qué es lo contrario de la vida?

—Pues... ¡la muerte!

—¿Cómo llamarías a lo contrario del orden?

—El desorden.

—¿Y de la justicia?

—La injusticia.

—¿Y cómo llamarías a lo contrario de lo mortal?

—Lo inmortal.

—Tu alma, ¿acepta la muerte?

—Mi alma... Mi cuerpo ¡ha deseado la muerte tantas veces...! Pero mi alma claro que no puede aceptarla.

—Tu alma, ¿crees que es inmortal?

—Pues... ¡claro!

—Lo inmortal, ¿puede perecer?

—No.

—Entonces, ¿puede tu alma morir?

—Ella... no.

—¿Crees, pues, que el alma es inmortal?

—Sí... lo creo.

—Pero si tu alma es inmortal, ¿qué es lo que muere del hombre cuando le llega la muerte?

—Pues...

—¿Crees que sólo muere en él lo que es corruptible?

—Sólo muere el cuerpo.

Le quité las sandalias y con una palangana de plástico le lavé los pies. Acariciándole sus dedos, ¡me sentía tan feliz! Me miró desde arriba y me olvidé de mí.

LIV

COMO ESTABA un poco malucho, el Sabio nos contó anoche el mito de Asclepios. Nos dijo que este dios simboliza la Medicina. Sin embargo, el padre de Asclepios, Apolo, guardó para sí el principio de la curación al presidir la armonía del alma. Asclepios intentó una y mil veces liberarse de la nefasta influencia de Quirón, centauro que se obstinaba en curar únicamente los cuerpos. Pero Quirón era cojo porque tenía un alma mutilada. Y por si fuera poco, cargaba un cuerpo de centauro: llevaba en sí el animal, el caballo de la ausencia de espiritualidad.

Luego, riendo, nos dijo que Aristófanes en *Las avispas* se burla de los que creen en la mitología. Un hijo advierte a su padre que para ser elegante no tiene que contar a sus invitados mitos populacheros, sino acontecimientos humanos.

Sobre mi madre podría escribirte todos

los días. Antes de cambiarse de chaquetilla y chaquetón como toda su taifa, era de lo más carca. Ha pasado de meapilas a comecuras a la velocidad del sol que más calienta. De niño me alistó al colegio más santurrón de España y satélites. Eso ahora lo ha tachado de su currículum virgo de ministra. Si la oyes por la tele, es para soltar el chorro. Con más cara que elefanmán con paperas, da la vuelta al tortillón. Con veinticinco alfileres se compone una antigüedad de cristiana vieja de toda la vida. Yo creo que le saca más gusto a sus bolas que un culero a las lombrices.

Mi dormitorio en el colegio aquel, cuando llegaba la noche se convertía en el palacio de las pajas. Y el de los mayores, en follódromo. Luego, íbamos por la mañana muy estirados, de uniforme, a misa con la cuadrilla de mandos.

Por culpa de uno de ellos me dieron el pasaporte. Era un padre sobón que se le iba la burra hociqueándome en pelotas o diciéndome chorradas cursis de amartelado. Con tal de que me trajera porros, yo le dejaba hacer el oso. Lo malo es que una noche quiso que le empinara una lata de guisantes. De esas alargadas y estrechas. Pero por el culo. Y a pelo. Sudé el quilo arrimando el hombro y empujando el bote. De pronto, el ojete lo succionó de una absorbida. La que armó mi madre. Como si yo hubiera sido el culoloco de la lata. Me tachó de matacuras para arriba y en *ut* mayor.

LV

Fui, de chaval, el crío que más palizas recibió de su madre. Me pegaba con el tacón del zapato, con un metro de madera engarzado con varillas metálicas, con la correa de su querindongo, con la badila del brasero, con el bastón de su abuelo, con el garrote del guarda, con la estaca del molino, con todo lo que le caía a mano.

Desde que la pillé de follaje dejándose dar por el saco, su casa ya no fue mi casa. En lo que cantan sentimientos, con su polvo de furcia me desvirgó el odio. Pasé uno meses que no se me iba de entre ceja y ceja.

El Sabio nos contó la historia de los Titanes. En aquel tiempo en que mi madre, sin saberlo, me enseñó a morir, yo fui todos los titanes. Fui Atlas aplastado por el peso de la madre-tierra que tenía que llevar a cuestas. Fui Sísifo intentando hacer

131

rodar cuesta arriba en la montaña pelada, con la esperanza de alcanzar la cima, una piedra gigantesca como su golfería de fulana. Pero la piedra resbalaba y rodaba hacia mí para atropellarme. Fui Poseidón teniendo que llevar siempre en la mano el tridente con los tres dientes de la ruindad, el vicio, y la vileza de mi propia madre.

Cualquier gachí tiene algo majo, por muy flamenca que sea, salvo mi madre. Todas: la Olimpia, la Sol, la María Jesús, la Belén, la Puri, la Eulalia, la jamaicana, la Sofía, la Pili, la Engracia, la Dionisia, la Jacqueline, la Asunta, la Cheli, la Nati, la Lulu, la Carmen, la Merche, la Mamen, la Marisa, la Pino, la Julia, la Irene, la Anita, la Celia, la Paloma, la otra Pili, la Charo, la Cuqui, la Gloria, la Beba, la Chus, la Juanita, la María, la Inés... Todas las que vienen a verme al talego valen mil veces más que ella. Seguro que las otras me han olvidado, pero yo no las he olvidado a ellas. Por las noches, a veces, me acuerdo de todo lo que por mí hicieron y que no supe aprovechar, y me entra una morriña que me lame adentro. A mi madre quiero olvidarla y no puedo. Jamás tuve confianza en ella. Su voz me rechina en los oídos entre las grúas y los cuervos. ¡Cómo me pintaría aturdirme en la amnesia y tirarla en el olvido, en el sumidero de las putas madres!

Los recuerdos aparecen entre renglones de caca. El día que juré bandera, ella se fue a América, a Harvard, porque a mi hermana le daban no sé qué master para gilivainas. Nunca tuvo corazón... ni por asomo. Tiene en su lugar una mata de pelos.

LVI

QUÉ PLACER le saco a sus conversaciones acerca de la filosofía:

—Dime, ¿te parece propio de un hombre verdadero buscar los placeres corporales como beber o comer?

—No.

—¿Qué te parece aquel que tiene en gran estima la belleza de su calzado, la hermosura de sus vestidos y la elegancia de todos los demás ornamentos de su cuerpo?

—Pienso que un hombre verdadero menospreciaría estos adornos.

—La vista, el oído, el olfato, ¿pueden conducirte a la verdad?

—...

—¿No te parece que, gracias a tu propio razonamiento, el alma conoce la verdad?

—Sí.

—¿Crees que tu alma razonaría aún

mejor si no estuviera influida ni por el dolor, ni por la voluptuosidad, ni por la vista, ni por el oído?

—Claro que razonaría mejor si prescindiera del cuerpo.

—Dime: el amor, la belleza, la bondad, ¿las has visto con tus propios ojos?

—Nunca.

—¿Con qué sentido corporal eres capaz de comprender la esencia de las cosas, lo que son por sí mismas?

—Con ninguno.

—Si te liberas de la locura de tu cuerpo, ¿conocerás por ti mismo la esencia, la pureza de las cosas?

—Claro.

—Pero el que no es puro, ¿puede alcanzar la pureza?

—No.

Recostado en el catre junto a él, con mi cabeza apoyada en su hombro, le oía. Me hubiera gustado preguntarle:

—¿Crees que yo también puedo llegar, a pesar de todo, a ser un hombre auténtico?

Tiene razón: el cuerpo jamás conduce a la sabiduría. Es quien provoca las guerras, las agresiones, el comercio de los narcotraficantes. El cuerpo con todas sus pasiones, con todos sus abismos. Mi cuerpo me esclavizó toda mi vida bajo palios de hollín.

No me olvido de ninguna de las palizas que me dio mi madre. Las recuerdo con toda claridad y repudio. Me acuerdo también de cómo me peló al cero para humillarme sin respiraderos.

Se vengaba martirizándome. Se desquitaba de su tormento de ser ministra de narices atormentándome. Hecha un puto azacán, había tenido que traicionar sus propias ideas. Ella que tanto comulgó de catequista, pasó de la hostia consagrada a las ruedas de molino para gaznate de socia. La muy zorrupia.

Aquellas estaciones las miro hoy a través de una luna empañada.

LVII

Yo TAMBIÉN, como Jasón, para alcanzar el
vellocino de oro, me alié a la magia demo-
níaca de Medea, de la droga. Creí que el
placer era mi destino. No sabía entonces
que el vellocino simboliza la inocencia, y
el oro, la espiritualidad. Ni que su pose-
sión figuraba la conquista de la verdad y
de la pureza del alma.

El vellocino estaba suspendido de un
roble, del árbol de la vida. Lo guardaba un
dragón con la fuerza brutal de las perver-
siones. Todo calcado de mi propia historia.

Cuando me desnudaba, las tías se alu-
cinaban vivas. No podían imaginar que
una madre marcara así a su propio hijo.
Al abuelo, viéndome con tanto cardenal,
heridas y sangre coagulada, casi le da la
fajina de rebato. Mi madre quería que yo
robara el vellocino de oro, o sea, la calde-
rilla de la nombradía. Cascándome las

liendres, y doblándome a palos las entrañas, ambicionaba que atravesara como Jasón, como un argonauta, la temible garganta de las Simplégadas.

Antes de irse al ministerio, me metía en cuchara las lecciones que tenía que aprender. Yo las ponía en la fiambrera, esperando el momento en que me entraran por buenos ojos. Se me abrían las ganas de todo durante aquellos pánfilos días de punta a punta..., salvo de estudiar. Cuando ella volvía por la noche, los palos y las broncas me apedreaban de pópulo bárbaro.

Mi abuelo me puso una profesora particular. Una teresiana, la madre Mercedes. Vestía de regla, como en las películas antiguas. Me cayó como Dios. Sabía de latines y de cuentas un chorro. Tenía una horma para aprender el inglés supercojonuda. Me pasaba las horas tontas oyéndola en el Olimpo. ¡Lo fácil que hacía lo que tan difícil era! Sabía poner el sello, amarrar las raíces, y dar la última pincelada. No me quiso follar. Debió de ser por la nube de polleras, enaguas, faldillas y faldones que calculo yo que llevaba entre popa y papo. Lo único que nunca me hizo a derechas fue meneármela. Ha sido una de las personas que más he querido en mi vida. La toca que enceldaba su cabecita era la cosa más bonita que puede ponerse una mujer por montera. Cuando me llevaba por sus ojos y me decía:

—Yo también te quiero y rezo por ti, desfallecía de gusto con un pie ya en el paraíso terrenal.

Bueno, pues mi madre la echó. Dijo que yo estaba mimado por el abuelo. Y que ni a ella ni a su hija nadie les había pagado profesoras particulares. Y que por eso estaban donde estaban.

Ni supe considerar tanta ruina.

LVIII

¡Su figura es tantas veces donaire! Lo espero desde la linde del sueño. Lo oigo indefenso cuando me pregunta. ¡Tan Sabio!:

—Dime: el que ama, ¿desea poseer la cosa objeto de su amor?

—¡Desde luego!

—Más precisamente, el que ama, ¿posee ya la cosa que desea poseer, o no la posee?

—Supongo que no la posee.

—¿Se ama lo que no se está seguro de poseer?

—Lo que no se posee todavía.

—El que ama, ¿desea, por lo tanto, lo que le falta?

—Lo que no tiene.

—Una persona, ¿ama la belleza o la bondad de otra porque le falta esta belleza y esta bondad?

—... Sí.

140

—¿Se puede pensar que el que ama carece de la belleza y de la bondad del ser amado?

—Por lo menos, a sus ojos.

A los míos, ¡yo soy tan repulsivo! Me conformo con verlo y oírlo. Soy menos que nadie. Apaciguo mis recuerdos y mis pesadillas subiendo los escalones a la sombra de sus pasos.

Te respondo: me fui plantando barreras en mi mala vida de pellejo. De puto de tíos. Las desfloré una a una por los atajaderos: dejarse magrear, sobar uno mismo, dar los morros, meter lengua en el acuario, zumbar nabos, mamar trabucos, lamer orificios, meter el pirindolo en su sitio, dar por el saco, y, por fin, dejar que te lo metan por el jebe.

Fíjate que antes de ser prostituto, cuando yo tenía diecisiete años, el Hipo me dio por el ojete... pero una sola vez. Y para que yo le catara el gusto. Salí disparado. En vez de gusto, agarré un dolor de copla.

Ya de profesional, senté plaza en los burgers de la Gran Vía y en el Casino Militar. Me hacía a mis consumidores en los servicios, sucio de polvo y paja. De manos a boca, y en paños menores. Terminada la maniobra, me flaxeaba de molde, o sea, que me bombeaba el caballo con la jeringuilla ras con ras.

En cuanto veía a un mariquilla con tela y ligón, mariposeaba facilón, haciendo el guaperas. ¡Me pesa tanto escribirte!

LIX

No INSISTAS. No puedo contarte nada más.
He pateado Madrid como nadie. A la busca y captura de un pagano calentorro y
braguetero.

Mi ración de caballo alcanzó tal cuota
que me aplastaba con sus diez toneladas
de molienda. Sin resuello, cascao, me dejaba cada día para el arrastre. Mi pito no
se levantaba ni con globitos. Los sarasas
ya sólo podían abusar de mis flojeras y de
mis boquetes.

Las últimas noches, antes de que me
cazaran, dormí en el apartamento de la
tía más repugnante que ha abortado madre. En vez de chumino tenía una cicatriz
de jiña, o sea, un muñón de engendro. Decía que la habían capado en la India. Porque quiso y de mil amores. Con inciensos
y gaitas y candelas y lamparitas. Tras no
sé cuántos rezos, la gurú, que también era
un castrado, le ató la base del paqueta-

men con un bramante afilado. De un tirón la capó entera. La dejó de un trallazo sin huevos ni cebolleta. Luego la metieron cuarenta días en una celda con la diosa para que la «purificara». Hablaba un chamulle medio turco y se llamaba Ritma, pero era un tío descarado.

La Quimera era un monstruo con cabeza de león y cola de serpiente. Belerofonte combatió contra ella, pero yo no supe luchar contra la perversidad de mis instintos. Belerofonte, vencedor, se casó con la hija del rey, y a mí me tocó siempre bailar con la más fea.

Voy a dejar de escribirte y de recordar la ruina de mi pasado.

LX

AL FIN Y AL CABO, Belerofonte, como yo, terminó muy mal: ayudado por Pegaso, el caballo con alas, quiso conquistar el Olimpo de los placeres vulgares. Los dioses, en venganza, le precipitaron en el infierno. Permanecerá atado por las serpientes de su vanidad a la rueda incandescente de su depravación dando vueltas eternamente.

Cuando me pillaron por tercera vez, con todo, el comisario echó su leño a la fogata:

—Ya se lo había dicho a usted. Ahora va para largo. ¡Y a aguantar caña! Le espera un comité de recepción de cataplines en el talego.

Cuando llegué a la cárcel, se me cayó el alma al sótano. Al funcionario que me había salvado atrincherándome en las celdas bajas, le habían destinado a Ocaña.

Entré en la rueda de fuego.

Me metieron en la celda del Conde. Cuando atrancó la puerta el vigilante y me quedé emparedado con los tres, el Conde, sin alzar la voz, sin enfado alguno, preguntó remolón a Sietefieras, sin dirigirse a mí:

—Al fin cayó la soplona. Dime, ¿cómo se llama esta chivata?

Decliné, como en la comisaría, mi nombre y mis dos apellidos, aunque nadie me había hecho directamente la pregunta.

—Que se entere. Dile su nombre —susurró el Conde.

—¡Te llamas Lolita, zorrupia! —gritó el Sietefieras.

El Conde dictó sentencia:

—Vas a explicarle, Sietefieras, a Lolita, que aquí está a nuestro servicio. A partir de este momento es nuestra doncella, nuestra prostituta y nuestra esclava.

Quise pedirle perdón por lo de las zapatillas. El Sietefieras, de una patada en los huevos, me tiró al suelo.

—¡Óyeme bien, Lolita! Una fulana como tú no tiene derecho a dirigirse al Conde. Ni a nosotros dos tampoco. Tú a obedecer sin pestañear y sin abrir el pico.

El Sádico cogió el relevo y, pisándome con su bota de tachuelas la cara, me anunció:

—Vas a ver, Lolita, lo amorosa que te

146

vas a poner con nosotros tres al cabo de cuatro semanas.

El Sietefieras apretó los tornillos:

—Te vamos a domar a punta de trabuco. Te juro que de aquí a un mes vas a terminar gozando. Nos vas a pedir de rodillas que te destrocemos el culo con el chuzo.

El Conde tiró al suelo unos vestidos femeninos. El Sietefieras me ordenó:

—¡Lolita, despelótate, marrana!, y vístete rápido con estos pingos.

Eran unas bragas con encaje de puntilla, un liguero de revolcón, y un sostén de señora con dos tetorras de pezón para afuera.

Se excitaron como mulos, y tuve que hacerles y me hicieron toda la cruzada. Eran los tíos más sádicos y encenagados del pandemónium.

Dios se había vuelto sordo.

(Escribirte me cuesta más cada día. Estoy aprendiendo el silencio.)

LXI

EN BRAZOS del suplicio conocí todos los túneles de la tortura. Viví en carne viva, rociado por la depravación. Me quemaron el cuerpo· con cigarrillos, me azotaron con fustas, me cimbraron los cojones con reglas, me depilaron con aguarrás y cerillas, me mordieron hasta hacerme sangrar, me cubrieron de cardenales, me amordazaron porque les gustaba verme a pique de morir asfixiado, me mearon en la boca como si fuera el perico de la celda, me abofetearon con saña una y otra vez hasta hacerme llorar, me prostituyeron con los bujarrones de la galería y cobraron el peaje, y me follaban por el ano uno tras otro todas las noches hasta que se dormían de cansancio y saciedad.

Tuve que decirles que me excitaban, tuve que lamerles cuando más guarros estaban, tuve que ir vestido de mujer todo el día, tuve que servirles, tuve que menear el pompis como una pelandusca de cabaret, tuve que hacerles la cocina, tuve que lavarles, tuve que darles masajes, tuve que decirles que me gustaba, tuve que mamarles la pera mientras jiñaban o miraban la tele, tuve que peinarlos, tuve que afeitarlos, tuve que cortarles las uñas, tuve que estar siempre a tiro de sus tres porras, tuve que aguantar sumiso y en silencio coces, afrentas, insultos y humillaciones.

Me domaron como prometieron, y me pervirtieron como anunciaron.

Cuando estaba a punto de tomarle gusto a aquella esclavitud, el Regente me compró al Conde.

(El silencio quitará su figura y su planta al recuerdo.)

LXII

Sí, TIENES RAZÓN, el Regente es un capo del
narcotráfico. Aquí todo el mundo le bate
banderas y le presenta armas. Cuando se
enamoriscó de mí, y no le alabo el gusto,
despidió a su criado. Me puso en su lugar
en la célula de al lado. La dirección había
permitido que se abriera una puerta de
comunicación entre su celda y la de su
criado.

Con un hilo de voz que se abría camino
entre los entresijos de su ronquera sin fin,
me dijo muy lentamente:

—Soy un viejo ya... Me gustas... Estoy
enamorado de ti... Es un sentimiento que
no conocía... Me agarra con el ahínco de
la compasión... La compasión por mí mismo... No te he comprado para abusar de
ti... Ni para que me sirvas... Haz lo que
quieras... Si te gusta... traiciónamela... No te
pido nada... salvo saber... que ya no eres la
esclava... el esclavo... de... ésos...

El mismo día que di el esquinazo a la cancela del Conde, oí por vez primera al Sabio. Mi alma sofocada sin aire, sin luz, agonizante, amaitinó la brisa y el fulgor.

Aquel primer día nos contó la historia de Orfeo. Desde el primer instante comprendí que también se refería a mi perra vida. Orfeo, acompañando su canto con la lira de Apolo, sedujo, por su perversidad sensual, incluso a los árboles, a las rocas y a las fieras. Eurídice se presentó a él como su propia espiritualidad. Se enamoró de ella, porque quiso regenerar su alma. Pero Eurídice se desvaneció en la mansión de los muertos. Orfeo bajó del infierno de su subconsciente para buscarla. Los dioses le concedieron la posibilidad de rescatarla, de alzarla hacia la vida. Pero con una condición: que no se diera la vuelta antes de franquear el umbral del infierno.

Con estas cartas, yo también me vuelvo hacia el abismo de mi vida infame. Descorro el velo de aquella urbe muerta. Tengo que callarme para que mi silencio cuente.

LXIII

No me he debido expresar claramente: sólo he dormido una noche con el Sabio. Ya te conté cómo, terminada la cena, se recostó en mi catre. Pero no te dije entonces que en verdad había pasado la noche entera a su vera. Sin poder determinar si el anhelo es aún más bello que el gozo.

Al día siguiente, me levanté de su lado como me habría levantado del lecho de una centenaria. Tuve deseos de ceñirle, pero permaneció insensible. No turbé con mi delirio la paz augusta de su serenidad.

Me consideré menospreciado, pero admiré su carácter, su temperamento, su fortaleza. Nadie puede igualarle no sólo en sabiduría, sino en dominio de sí mismo.

Aquella noche comprendí que él era invulnerable. Mi facha, lo que ha encaramelado al Regente, no puede removerle. Y, sin embargo, me gustaría servirle como ningún esclavo jamás sirvió a su señor. Porque mi sino quiere que le ame. Porque el fervor me impulsa.

Cuando habla, sus palabras forman las imágenes más conmovedoras que puedan concebirse. Vive bajo la autoridad de la belleza, de la ciencia, del amor, de la bondad, de la virtud y de la verdad. Aunque, según los médicos, me queda tan poco de vida, no merezco ni la dicha ni la suerte de haberle conocido, de sentirme inmortal. Todo lo que es bello ha hallado ya su instante y su paraje.

No me pidas aún que te siga escribiendo. Ya no puedo volver los ojos hacia mi siniestro pasado. No quiero perder el amor, como Orfeo, por curiosidad malsana. No quiero desmigarme de un soplo. La mujer de Lot logró huir del recinto de la corrupción en llamas. Cuando, nostálgica y curiosa, se volvió para ver Sodoma por última vez, quedó petrificada: convertida en estatua de sal.

No te escribiré nunca más. No podré hacerlo. Discúlpame y adiós, querido F.

EPÍLOGO

Milan Kundera en el último texto que ha escrito sobre Arrabal, titulado *Corona para Arrabal*, escribe sobre el universo novelístico del autor:

«Es un mundo fantástico y loco que no se parece a nada conocido o imaginado; de la misma manera que este mundo se transforma en relato de una forma que a nada se parece...

»Así consta una vez más: Arrabal no se asemeja a nadie y el grado de su desemejanza alcanza el límite de lo concebible. Sólo se asemeja a sí mismo...»

En otra ocasión —*Homenaje a Arrabal*— el mismo Kundera se dirige a él:

«¿Cómo se llama la estrella bajo la que usted camina, Arrabal?... Su estrella lleva el nombre de Cervantes... Con la luminosa claridad de la sinrazón, expresa usted la misma revelación...»

Quizá el principal acierto de Arrabal en su última y décima novela, *El mono*, sea su estilo. Recientemente, Camilo José Cela lo había celebrado con estas palabras:

«Fernando Arrabal posee el incalculable tesoro de tener voz propia.»

Y hace años Vicente Aleixandre así:

«El concepto que aporta Arrabal está teñido de una luz moral que está en la materia misma de su arte.»

Con otras palabras, Samuel Beckett, en el único comentario que escribió sobre un autor vivo, alabó su «excepcional valor humano y artístico... su talento profundamente español».

EPÍSTOLA FINAL

Querido lector,

me gustaría aclarar, de entrada, que no es Arrabal un dramaturgo tardíamente metido a contarnos historias noveladas. De 1959 data su primera obra narrativa, *Baal Babilonia*, cuya escritura había iniciado en 1951. Esta novela será el origen de su heterodoxa película, *Viva la muerte* (1970), de la que quizá tengas noticias. Aunque aquí no haga al caso, te diré que *Baal Babilonia* constituye, para mí, el más maravilloso relato *naïf* escrito durante este siglo en lengua castellana, relato que, por sí solo, haría a su autor merecedor de un puesto de altura en la narrativa contemporánea.

Entre 1960 y 1963, Arrabal publicó tres

nuevas obras narrativas: *La piedra de la locura*, *El entierro de la sardina* y *Fiestas y ritos de la confusión*. Conserva esta narrativa el estilo ingenuo, las estructuras poéticas, desdobladas o en espiral, de *Baal Babilonia*. Pero, ahora, las imágenes se transfiguran en caleidoscopio de horrores y fulgores. No escribe ya, desde el adulto, al dictado de los recuerdos infantiles, sino al dictado de sus sueños y atroces pesadillas. André Breton, que quería acabar con los géneros literarios, dijo de *La piedra de la locura* que era el mejor libro de poemas del superrealismo.

Casi veinte años median entre aquella etapa primera y esta última que va de *La torre herida por el rayo* (1982) a este *Mono*. Durante este espacio, adentróse nuestro autor en meditaciones con Don Quijote y Sancho; con Borges y Gracián; con Pedro Páramo y las lesbianas de Miguel Espinosa; pulió prosas en yunque de poetas, privilegiando ahora a Guillén y a Góngora, a Saint-John Perse y a su paisano melillense Miguel Fernández; a María Moliner tomó por breviario o libro de horas a fin de rumiar con entero provecho la vieja alquimia del lenguaje; con los místicos castellanos escaló las laderas del Sión y con Mishima se recogió en monasterios y pagodas orientales... Sé que minimizo al contar así sus preferencias. En mis encuentros solemos hablar de música y estilos. «Saber escribir es ser capaz de expresar lo más profundo del pensamiento.»

157

«Sin duda. Pero advierte que, en el trabajo del lenguaje, encuentras por veces tu pensar.»

En mi opinión, distingue a esta narrativa arrabaliana ese indagar por los vericuetos del alma por los que el yo, en su tránsito, se enfrenta con sus dobles y variantes; la expresión asombrada y siempre nueva que en el sentir descubre mil y un matices; la reflexión y la duda pormenorizadas a través de unas anécdotas en las que la tensión parte más de lo no-dicho que de la intriga y su suspense.

En las tres novelas precedentes, el narrador-escritor se trasunta en sus protagonistas femeninos, intuimos que para ver y vivir con renovado asombro y hasta con morbosa curiosidad las reacciones de los otros. Así ocurrió con *La piedra iluminada* —de su título yo fui responsable—, novela plagada de interrogantes; con *La virgen roja* y *La hija de King Kong*.

En más de una ocasión, Arrabal ha confesado —no hacía falta la aclaración— que él era siempre el personaje central de sus obras. Algún crítico avisado nos advierte que, por los años sesenta, el dramaturgo-novelista salió de sí para entrar en los otros o para que los otros tuviesen en él cabida. Sin desacreditar tal aviso, yo he seguido viendo por todas sus obras sus guiños y destellos. De ahí ahora mi sorpresa ante *El mono*. Porque, en el presente caso, Arrabal no es ya protagonista sino, más bien, destinatario-transcriptor de estas cartas cuyo remitente oculta celadamente en nieblas de pesar y esperanza, por más que queden al descubierto los lugares de la historia. Aunque, para ser del todo exactos, para mí que nuestro autor se deja entrever en ese personaje del Sabio, misericordia y tacto tan humanos, que el saber heleno concilia con la serenidad oriental. Por lo demás, la forma epistolar no constituye, te lo afirmaría sin temor a errar, un artificio formal imitado de prestigiosos narradores en los que puedas estar pensando; ni siquiera un autoplagio —recuerda que nuestro novelista es autor de cuatro libros-cartas dirigidos a Franco, a los comunistas, a Fidel Castro y a Felipe González—. Para mí que se trata de verdaderas confidencias epistolares en las que, ya te lo he dicho, Arrabal sólo ha ejercido el oficio de transcriptor y ordenador. Fiel a su remitente, el escritor ha dejado que el estilo chirríe y se acompase en atonías y retornos lacerantes: reflejos de la autodestructiva podredumbre del relato, del desasosiego náufrago en el desierto de la gran ciudad y sus suburbios, de la persistente recaída por la noche interminable en la que, por fortuna, el Sabio nos abre bóvedas de estrellas alejadas y posibles. No he encontrado hasta la fecha estilo en el que tan hermanadas anden la pena y las palabras, por más que una y otras nos ladren como perros tocados por la rabia, o nos repugnen como pus por las grietas de la úlcera.

Una vez más, en la obra de Arrabal nos acercamos al concepto de relato creativo, poético: por su trabajo de ritmos en proceso; por su penetrante observación de la realidad, por más que ésta nos lacere; por el contrapunto de sus voces encontradas; por esas sugerencias que nos harán paralizar el curso de la lectura; por no perecer ésta en su primer recorrido...

¿Moral? No entraré en este tema. A ti, querido lector, te pertenece. Te diré sólo, y aquí acabo esta divagación, que hay que estar muy cerca del drama, sentirlo con sudor de sangre, para haber transcrito con tanto tino este ejemplo epistolario.

Sincera y cordialmente,

FRANCISCO TORRES MONREAL